JN067204

すんっ!

アルスノトリア

Smile of the
Arsnotoria the Animation

エクーストーラーカリーキーユーラーム
孤島の魔法鉱物学実習

メル
フィグレ
小アルベール
「わーい！いただきまーす」
メルがビスケットを一つつまみ、サクッと齧る。瞳が輝いた。
「美味しいです」
アルスノトリアもちょこちょこ齧りながら言う。
リデルは紅茶を口にする。

ピカトリクス
リデル
アルスノトリア
アブラメリン
「これは……
華やかな味わいでありますっ。
高級な茶葉でありますかっ?」
「ふふっ。
もちろん淑女に
相応しい品ですけれど」
驚くリデルにピカトリクスが
誇らしげに微笑む。

「理性の表、カバラの光――
天地冥府において
最も深く隠されし真理を
今ここに貫かん！」

咲うアルスノトリア すんっ!

孤島の魔法鉱物学実習《エクストラカリキュラム》

原案:「咲う アルスノトリア」より(NITRO PLUS/GOOD SMILE COMPANY)

著:櫂末高彰

FB
ファミ通文庫

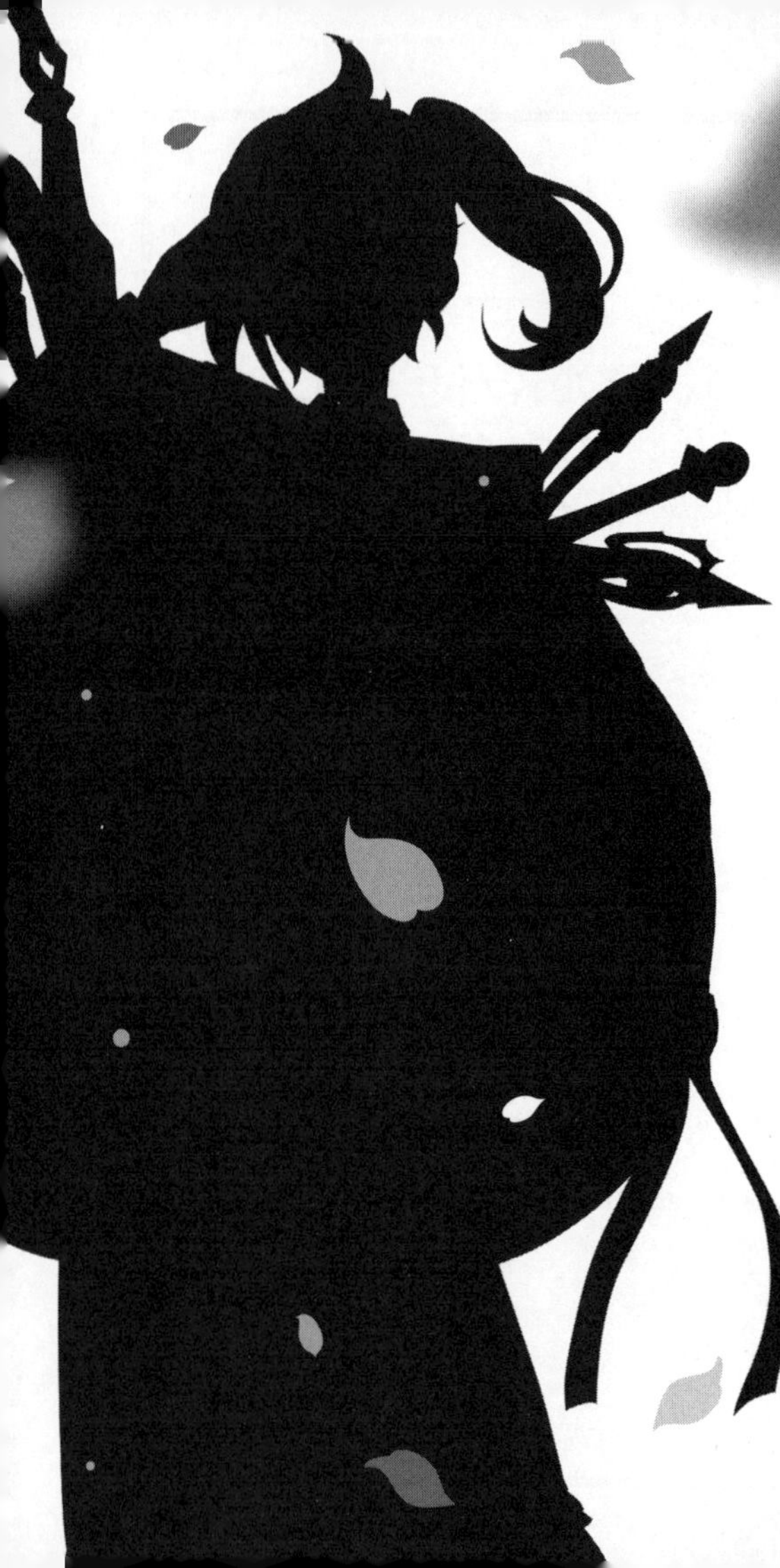

CONTENTS

Smille of the Arsnotoria
the Animation

novel : Takaaki Kaima

第一章

緩《ゆる》やかな下り坂の途中で蹴躓《けつまず》いた。

「ああああ……⁉　やってしまったでありますうううっ……」

運んでいた鉱石を盛大にぶちまける。リデルは咄嗟《とっさ》に腕を伸ばし、しかし何も摑《つか》めずにひっくり返ってしまった。背負っていたリュックサックもろとも坂道を転げる。少し先を歩いていた五人組の少女たちが振り返った。

白い長袖シャツに濃い茶色のプリーツスカート、赤いリボンに袖のない灰色のローブという学園の制服を身につけた彼女たちは、転がってくるリデルを見て驚きとともに立ち止まる。

「トリ殿、避けて欲しいでありますっ」

「ふわっ？」

その中の一人、銀髪の少女に向けて叫んだ。澄《す》んだ青色をした彼女の瞳が大きく見開かれる。頭の上にピョコンと跳ねた一房《ひとふさ》の髪がピンと立った。

「えっあっ……」

「止まれないのであります！　すみませぇん！」

リデルは少女にぶつかってしまった。二人とも倒れ――

「おっと」

「あらあら」

かけたところで抱き留められる。リデルを受け止めたのは長い蒼髪《あおがみ》をサイドでポニーテールに纏《まと》めた少女だった。「大丈夫？」とリデルの体を引っ張り起こしながら尋ねる。そのクールな態度に思わず見惚《みと》れた。

彼女の名前はアブラメリン。身長はリデルと同じくらいなのだが、いつも変わらぬ凜《りん》とした佇《たたず》まいのお陰か、とても頼もしく見える。

「トリさんも大丈夫ですか？」

リデルがぶつかってしまった銀髪の少女を抱き留めているのは、ピカトリクスだ。その豊満な胸に少女の顔が埋《うず》められている。流れるように美しい金髪を軽く払い、彼女はそっと友人の背中を撫でた。

「ピカちゃん、ありがとうです」

お礼を言う銀髪少女にピカトリクスは「どういたしまして」と優雅に頷《うなず》く。それから相手の肩にそっと手を乗せた。

「身だしなみを整えて下さいな」

いつも淑女たらんとしている彼女らしく、制服の肩にできた皺《しわ》を撫でて伸ばす。緩んでいたリボンも手早く結び直した。

「ふわわっ」

「うん。これで完璧ですわ」

ピカトリクスが満足そうに頷く。

「…………」

彼女の背後から黒髪おかっぱの少女がするりと顔を出し、銀髪少女の顔を覗《のぞ》き込《こ》んだ。

少し首を傾《かし》げ、頬に触れる。

「あ……小《こ》アルちゃん、どうしたですか？」

少女が目を瞬《またた》かせた。

小《しょう》アルベール。無口で存在感があまり感じられない少女。彼女は謎が多いとリデルは思っている。今は学園指定の制服を着ているので見当たらないけれど、いつも腕に包帯を巻いていて、それを自在に操ることができるのだ。

彼女は銀髪少女の様子をひとしきり見つめた後、「問題ない」と頷いた。

「ねぇねぇ、大丈夫？　思いっきり転んでたけど」

いきなり目の前に顔が現れた。薄緑色の髪を短く整えた女の子にまじまじと覗き込まれ、「ひゃいっ」と身を引いてしまう。アブラメリンがため息混じりに言った。

「メル。近すぎ」

「あはは、ごめんごめん！　怪我《けが》してないか気になっちゃって。見たところ大丈夫そうだけど、念のため診《み》てもらった方が良いんじゃないかな？」

メルと呼ばれた少女が紫の瞳でじっとこちらを見つめた。メルはいつも元気で、眺めているだけでも元気を貰えそうな少女だ。

「大丈夫であります！」

リデルは急いで背筋を伸ばし、敬礼した。

「自分、頑丈ですので」

「そっか！　さすがリデルだね！」

メルが笑顔で敬礼を返す。

「自分のことより、トリ殿！　トリ殿は大丈夫でありますかっ？」

ぶつかってしまった銀髪の少女、アルスノトリアへ目をやる。ピカトリクスと小アルベールによって乱れた髪を整えてもらっていた彼女は、リデルの視線に気づいて何故《なぜ》か申し訳なさそうに眉を八の字にした。

「あの……ごめんなさいです……」

「いえいえ自分が悪いでありますっ。トリ殿が謝ることではありません。お怪我はありませんか？　皆さんにもご迷惑をおかけしたであります！」

誠意を込めて謝る。ところがアルスノトリアも謝ってくるので、お互いに謝り続けることになってしまった。

「お二人とも、そのくらいで良いのではありませんか。それよりも……」

ピカトリクスが周りを見回す。

「リデルさんは、何をなさってましたの？」

「ああ、そうであります！」

転げてきた坂道の方に向き直った。あちこちに色とりどりの鉱石が散らばっており、それらを精霊たちが「拾うナリー」「集めるナリー」と持ち上げて木箱へと運んでいる。

リデルは急いで精霊たちの手伝いに向かった。

「申し訳ないであります。お手伝いするはずが、かえって手間をかけさせてるでありますな。まったく、自分はポンコツであります」

道端に転がった大小様々な鉱石を拾い、木箱に戻していく。

そら豆のような形の頭。その頭と同じくらいの大きさの体をした精霊たちは、ぬぼーっとした顔でリデルの失敗を気にした様子もなく散らばった鉱石を集めた。しかし、彼らの大きさでは運ぶのにも一苦労だ。

「これを集めればいいんだね！」

隣にメルがやって来て、木箱に黄色の鉱石を入れてくれた。驚いて振り向くと、アブラメリンも小アルベールもピカトリクスもアルスノトリアも散らばった鉱石を拾ってくれている。リデルは慌てて手を振った。

「皆さんは気にしなくていいことであります！」

「あら。リデルさんこそ、お気になさらず」

丁寧に緑色の鉱石を木箱の中に入れ、ピカトリクスが胸を張る。

「淑女たるもの、困っている友人に手を貸すのは当然のことですわ」

「……早い」

小アルベールが黒い鉱石をバラバラッと木箱に入れた。リデルが目を瞬かせていると

「みんなでやった方が早いよね！」とメルが笑顔で補足する。

「そもそも、どうしてリデルが鉱石を運んでいるの？　精霊が私たちに手伝いを頼むことは、あまりないことだと思うけど」

たくさんの鉱石を上手に抱えてアブラメリンがやって来た。木箱に入れながらリデルに尋ねる。

「頼まれたわけではないであります。単に自分が精霊のお手伝いをしようと申し出ただけで。でも、逆に迷惑をかけてしまったようであります」

苦笑するリデルの周りで精霊たちが「迷惑じゃないナリー」「助かってるナリー」と

声を上げた。

「そういえば、この頃、精霊の姿が減ってるよね。何でだろ?」

「あら、そうなんですの?」

メルの疑問にピカトリクスが首を傾げる。

「……休暇」

小アルベールがポツリと呟《つぶや》いた。リデルは大きく頷く。

「そうなのであります。精霊たちも休暇を取る時期で、いつもの半分くらいしかいないそうでありますよ」

「休息は大切。でも、それだとタイミングが悪かったわ」

「そうですわね」

アブラメリンが遠くを見上げた。その視線をピカトリクスも追う。リデルもつられてそちらを見た。

そこには半壊した塔が建っている。

「先日、蟲《むし》の襲撃であのようなことに……。こちらの鉱石は、その修復のために運んでいらっしゃるんですの?」

ピカトリクスの問いに「そうナリー」と精霊たちが答えた。

「ここからだと、まだ距離がありますわね。でしたら……」

「あ、あの……」

一房だけ跳ねた銀髪がふらふらと揺れる。

アルスノトリアが小さな鉱石を胸に抱いて、そろりそろりとこちらに近づいてくる。落とさないよう気をつけて歩いているようだ。木箱の中にそれらを入れると、ホッと胸を撫で下ろす。

「トリ殿、ありがとうであります」

リデルは敬礼し、それから少し屈《かが》んで彼女に顔を寄せた。

「それから、先程は本当にすまなかったであります」

改めて謝ると、アルスノトリアは身を竦《すく》ませた。

「い、いえ！　わたし、リデルちゃんに避けてって言われたのに、ビックリして……。転んじゃったみたいですけど、お怪我はないですか？」

そう言って、長い前髪をもじもじと弄《いじ》った。

「ご安心を。トリ殿は優しいであります」

鉱石を詰め直した木箱を抱え上げ、リデルは五人に頭を下げた。

「助けていただき、感謝であります。それでは、自分はこれで！」

「リデルさん、お待ちになって」

再び歩き出そうとしたリデルをピカトリクスの腕が遮《さえぎ》る。きょとんとする彼女の側《そば》にメルとアブラメリンが近づき、両側から木箱を持った。

「あそこまで行くんでしょ。一人だと大変だよ」

「無理をしたら、また転ぶ」

　木箱を運び出した二人に慌てて言う。

「でも、皆さん！　早く教室に行かないと授業が始まってしまうであります」

「だからこそですわ。クラス委員長《セレクト》として、リデルさんを遅刻させるわけにはいきませんもの」

「わたしも、が、がんばるですっ」

　アルスノトリアが小さな手をキュッと握ってみせた。その後ろで小アルベールがうんうんと頷いている。

「ほらほら、みんな急ぐよー！」

　メルが元気良く促《うなが》してきた。

「皆さん、感謝であります！」

　リデルは敬礼し、背中のリュックサックを背負い直した。


　魔法学園都市アシュラム。

　人間界と隔絶《かくぜつ》された地に存在するその学舎では、ペンタグラムと呼ばれる十代の少女たちが寮生活を送りながら日々、学んでいる。

　ここには学舎だけでなく様々な店が立ち並ぶ商業区や、授業で使うハーブなどを育てている植物園も併設されていた。

　天人塔《てんじん》、黎明塔《れいめい》、星見塔《ほしみ》といった塔も敷地内に建っており、外周には見張り塔が幾《いく》つか設置してある。

　そして防除塔《ぼうじょ》。「蟲」を防除するために建てられている塔なのだが、少し前、蟲の襲撃に遭《あ》ったことで半壊していた。

　アシュラムだけでなく人間界にも時折、出現する蟲の正体が何なのか、いまだ判明してはいない。ただ、蟲の襲撃に対抗するためペンタグラムたちは交代制で「防除係」を担い、蟲が現れたときは速やかに防除していた。そのための力がペンタグラムたちには備わっている。

　とはいえ、彼女たちはあくまで十代の少女だ。

　友人たちとともに学び、遊び、成長していくことこそが本分であった。


「やった！　間に合ったーっ」

　元気良くメルが教室に飛び込む。

「メルさん。お行儀が悪いですわ」

その後からピカトリクス、アブラメリンが続き、小アルベールに手を引かれてアルスノトリアが入室した。

防除塔に鉱石を届けた六人は、始業時刻に間に合うよう大急ぎで校舎まで移動してきた。息を整えるアルスノトリアの銀髪を見つめながら、リデルも教室に入る。

「はうっ？」

しかし扉にリュックサックが引っ掛かってしまい、出入り口で一人、懸命に踏ん張る羽目になってしまった。何とか教室に入ったリデルは急いで席に向かう。階段状に並んだ細長い机の一隅が空いていたので腰を下ろすと、隣に座っていた少女がこちらを見た。

深い青の髪がさらりと揺れる。

「おはようございます、リデル。遅かったですね。まさか寝坊ですか？」

「おはようであります、フィグレ殿。実は……」

先程までのことをかいつまんで話す。フィグレと呼ばれた少女は「ふむ」と得心した様子で頷いた。

「それで理解できました。私より先に寮を出たはずのアルスノトリアたちが私より後に教室に入ってきたので不可解だったんです」

「自分がポンコツなせいで、トリ殿たちにご迷惑をおかけしたであります」

「また、自分のことをポンコツとか言って。口癖になってますね」

「たはは……」

「そもそも一人で運ぶより六人で運んだ方が一人当たりの負担は減ります。彼女たちの判断は理に適《かな》ってますよ」

「なるほど。フィグレ殿のお話は明快であります」

リデルの言葉に気を良くしたのか、フィグレは「そういえば」と話を続けようとする。

だが、そのとき始業を知らせる鐘が鳴った。

「よーし、おまえら。席につけ。出席取るんだぜ」

教卓の影から一匹の猫が姿を現す。

全身真っ黒な体に金色の目。頭には黒いとんがり帽子《ぼうし》、首に赤いリボンと銀色の鈴をつけたその猫は、ぴょんと教卓に飛び乗った。

影猫《かげねこ》ペルデラ。猫の姿をしているが、猫ではなく魔法生物らしい。影の中を移動でき、後ろ足二本で立っていたりもする。こう見えて教師の一人だ。

それまで思い思いに過ごしていた少女たちが椅子に座り直して居住まいを正した。教卓の上に立った影猫は、その体には少々大きすぎるとんがり帽子を前足で軽く持ち上げ、教室を見回す。

「いつ見ても不思議です」

リデルの隣でフィグレが呟いた。

「どうしたのでありますか、フィグレ殿？」

「ペルデラは猫の姿をしていますけれど、声帯は猫のそれと違うのでしょうか？　私たちと同じ言葉を話しているということは声を出すための器官が私たちと同じでなければならないはずです」

「ふむふむ。そう言われると気になるであります」

「それにペルデラは後ろ足だけで立っていることもありますし、本来、猫の体に後ろ足だけの二足歩行は負担が大きいのではないでしょうか。一度、骨格から調べてみたいと考えているんです」

「なるほど。ペル殿には謎が多いでありますね」

感心して何度も頷いていると、当の影猫がリデルの方を向いて「リデル」と言った。

「は、ひゃい！　申し訳ないであります、ペル殿！」

慌てて立ち上がり敬礼する。ペルデラが訝《いぶか》しげな顔になった。

「出席取ってるだけだぞ。何で謝ってんだ？」

「あ……」

顔が熱くなる。周りの生徒たちも驚いた様子でこちらを見ていた。フィグレが「落ち着いて下さい」と軽く服の裾を引く。リデルはそろそろと腰を下ろした。

「いやー……私語を注意されたのかと思ったのであります……」

「さっきの『ひゃい』、可愛《かわい》かったですよ」

「それは……恥ずかしいでありますっ」

小声で話しているうちに出欠を採り終えた影猫が「教科書開け」と言う。

「今日は『魔法鉱物学』の……」

「はい、ペル！　しつもーん」

メルが勢い良く手を挙げた。影猫は半眼になって「メル、出鼻を挫《くじ》くなよな」と言い返す。

「ごめーん。ペルって話しかけやすいから」

「まったく。おいらは超絶魔法生物なんだぜ！　で、質問は？」

「さっき精霊のお手伝いで鉱石を壊れた防除塔まで運んだんだけど、あれでどうやって壊れた建物を修理するの？」

「ほほう」

影猫の目がキラリと光った。

「良い質問なんだぜ、メル。このアシュラムがどういうふうに造られているのか。鉱石をどう利用しているのか。この『魔法鉱物学』の授業でみっちり教えてやる」

「ええーっ⁉　授業に絡めなくてもいいのに……」

「学問ってのは知らないことへの興味から始まるもんだ。今日は眠らずにしっかり聞くんだぜ、メル」

　ペルデラにそう言われ、メルは隣に座っていたアルスノトリアに「助けて、トリー」と嘆く。アルスノトリアは「ふわわ……」と困っているようだった。

「そんじゃ特別授業だ」

　対してペルデラは意気揚々と板書を始めた。


　終業の鐘が鳴る。

　リデルは机に突っ伏した。

「難しかったであります……」

　いつもと内容を変更して行われた「魔法鉱物学」の授業は、ペルデラの熱が入っていたこともあり、かなりの密度があった。リデルは説明を理解するどころか板書を写すだけで手一杯だったのだ。

「なかなか興味深かったですね。やはり科学的、合理的な検証によってこそ真実は見出《みいだ》せるんです」

　一方、隣で授業を受けていたフィグレは瞳をキラキラさせている。

　ただし、彼女が本当にペルデラの授業内容を理解できているのかは定かでない。そっと彼女のノートを覗き見ると、全く関係ない事柄が書《か》き綴《つづ》られていた。

（フィグレ殿の頭の中は不思議でいっぱいであります。自分では理解が追いつかない授業から更に飛躍することができるなんてすごいであります）

密《ひそ》かに感心する。

「さあ、次の授業の準備をしましょう」

フィグレが軽く伸びをする。他の生徒たちも席から立ったり隣の子とおしゃべりしたりしている。

教室内に授業後の緩んだ空気が流れた、そのときだった。

「あ、そうそう」

ペルデラが黒のとんがり帽子をクイッと持ち上げ、軽い調子で言った。

「明日、小テストやるからな」

「え――――――――⁉」

生徒たちが大声を上げる。声を上げなかった生徒もペルデラに注目した。もちろんリデルも影猫教師を見つめる。

「おまえらがちゃんと理解できてるかどうか、確かめるためのテストだ。出題範囲は、今日やったところまでな。しっかり復習しとくんだぜ」

そう言い残し、影猫はぴょんと教卓の影に飛び込んで姿を消した。

急に室内が騒がしくなる。

「どうしよう、トリ！　あたし、全然分かんないかもっ」

「あう……。わたしも、自信ないです……」

メルが嘆き、アルスノトリアも不安そうにする。

気持ちはリデルも同じだった。

「自分、ピンチであります……」

「リデルは真面目に授業を受けているのに、テストの成績は良くないようですね」

フィグレに鋭く指摘されてしまった。

「そうなのであります……」

呟き、椅子から立ち上がる。

「なので、テスト本番に向けて強化演習を実施する所存！」

「強化演習？　ああ、テスト勉強をするということですね」

フィグレが頷いた。

「その通りであります」

生徒たちが三々五々、教室を出ていく。アルスノトリアたちも何か話しながら廊下に出ていった。次の授業は移動教室だ。

「放課後、テスト勉強をするであります」

決意を漲《みなぎ》らせるリデルにフィグレが言った。

「それなら、至書塔《ししょ》に行くと良いのでは？　ここより勉強しやすい環境が整っていると思いますよ」

「それは名案であります。ご意見、感謝するであります」

敬礼すると、リデルはリュックサックを背負って出入り口の扉に向かう。

「あ、リデル」

背後からフィグレの声がしたと思ったとき、リュックサックが扉の端に引っ掛かってガクンとリデルは後ろに引っ張られた。

「今、気をつけてって言おうと思ったんですけど、遅かったですね」

「油断大敵であります……」

リデルは、たはは……と笑った。

第二章

「はぁーっ。いつ来ても壮観《そうかん》であります」

広大な室内にずらりと並ぶ本棚を見上げ、リデルは感嘆《かんたん》の息を吐《は》いた。

放課後。リデルは小テストの勉強をするため至書塔《ししょ》を訪れた。

至書塔。膨大な蔵書があり、その数を正確に把握できているものはいないと言われている知識の集積地だ。学園の生徒たちは各々、調べ物をしたり好きな本を探したりと自由に利用している。

「勉強するための長机もありますから、空いているところに座りましょう」

フィグレに促《うなが》され、そろそろと歩を進めた。リデルたちと同じ目的なのか、すでに何人もの生徒が長机や一人用の机に収まって熱心に勉強している。その間を進んでいくと長机の一角に空いているスペースがあった。

「あそこが空いてますね」

「では、自分が席を取っておくであります」

気持ち、早足になる。長机に辿り着き、自分とフィグレの席を確保しようとしたとき、隣の長机で声が上がった。

「そんなはず、ありません」

「ウリエルさまが間違っているとでも？」

何事かと首を巡らせる。周りの生徒たちも顔を上げてそちらの方を見た。リデルは「あ」と小さく声を漏《も》らす。

「あの……」

眉を八の字にしたアルスノトリアが、そわそわと銀色の髪を揺らしている。彼女の前にはアブラメリンとピカトリクスがいて、向かいの席に座っている二人と言い合っているようだった。

「今、説明した通り。私はただ正しい答えを言っただけ」

アブラメリンがノートを指差して言う。

「いいえ！　でたらめを言わないで下さい！」

「ウリエルさまが仰《おつしや》っているのですから、こちらが正解です」

それに対し、向かいに並んで座っている二人は全く譲ることなく言い返す。

(あれは、ロガエス殿とルシダリウス殿でありますな)

黒髪を耳の横で三つ編みにしている眼鏡の少女がロガエス。波打つ長い青髪を背中に流している女の子がルシダリウスだ。ルシダリウスは大切そうに赤い小箱を持ち、金色の瞳で、キッと相手を見据《みす》えている。

何事でありましょう？

つい気になってしまい、側《そば》に寄る。

「お二人とも、落ち着いて欲しいのですわ」

今度はピカトリクスが口を開いた。

「これは数学の問題ですの。数式に当てはめて導き出せば、正解は自《おの》ずと――」

「わたしはちゃんと占いました！　占いの結果は絶対なんですっ」

ピカトリクスに最後まで言わせず、ルシダリウスがむーっと頰を膨れさせる。「ですから……」と宥《なだ》めようとする彼女にロガエスも反論した。

「算術とウリエルさま、どちらが信じるに値すると思います？」

「ええっ？　そういうお話ではなく……」

「いいえ、そういう話です。この問題の答えをウリエルさまが教えて下さったんです。それを蔑《ないがし》ろにする行いは、間違っていると言わざるを得ません」

「ロガエス。ウリエルさまに頼るんじゃなくて、自分で解いた方が身につく」

アブラメリンが説得するように言う。ところがロガエスは、きょとんとした。

「ウリエルさまに頼っているのではなくて、そのお言葉を聞いているだけですよ」

「はぁ……。どうして噛《か》み合《あ》わないの……」

　項垂《うなだ》れるアブラメリンに対し、ロガエスは何故《なぜ》か優しい表情になる。

「大丈夫です。ウリエルさまはいつも見ていますよ」

「どうしてロガエスさんが慰《なぐさ》める立場になってますの？」

　ピカトリクスが首を傾《かし》げた。ロガエスは穏やかな顔で答える。

「何もしないでいいなら、何もしたくない私なのだけれど。悩んでいる学友には手を差し伸べなさいとウリエルさまが仰っています」

「私の目下の悩みは、あなたたちのこと……」

　アブラメリンは呆れた様子で頭《かぶり》を振った。

「そんなに言うなら、もう一度だけ占ってみます」

　ルシダリウスがいつも持ち歩いている小箱を開いた。

「何度占っても数学の答えは出てこない」

「ルシダリウスさんもちゃんと授業で習った解き方で……」

「しっ！　静かにして下さい。占いに集中できません」

　二人を制止して、彼女は小箱の中に入っていた土を掴《つか》む。目を閉じると手の中の土を長机の上に落とした。

　机に土が広がり、模様らしきものを描く。

目を開けたルシダリウスは土を見下ろし、「ふむふむ」と頷《うなず》いた。

「いいことから知りたいですか？　悪いことから知りたいですか？」二人は互いに目を合わせた。アブラメリンとピカトリクスに尋ねる。

土をじっと見つめたままアブラメリンが軽く肩を竦《すく》める。

「では、いいことでお願い致しますわ」

ピカトリクスが答えた。ルシダリウスは「では、いいことから」と顔を上げる。

「この論争にはすぐに終止符が打たれます。やはり正しい解答は……」

(ははーっ。土占いとは、ああやるでありますか。興味深いであります)

もっとよく見てみようとリデルは彼女たちに近づく。

ガツッと椅子の脚に躓《つまず》いた。

「ああああ……⁉」

長机に顔面からダイブする。

「きゃあっ！」

「えっ……」

ルシダリウスの目の前に滑り込んでしまい、突如現れたリデルの朱髪《あけがみ》にルシダリウスが悲鳴を上げた。

あげく、彼女たちの周りに積み上げられていた本が崩れてリデルの上に降り注ぐ。角が背中に当たって「うっ」と呻《うめ》いてしまった。

「もうっ！　邪魔しないで下さい！」

ルシダリウスの小さな手でペチペチ頭を叩かれる。「ごめんなさいであります」と長机に突っ伏したまま謝ると、襟首《えりくび》を摑まれて引き起こされた。

「何をやってるんですか、リデル」

呆れ顔のフィグレがいる。

「やってしまったであります」

頭を掻《か》きつつ、崩してしまった本を整えようと手を伸ばす。フィグレがそれを手伝いながら、ため息混じりに言った。

「まったく……。数学の問題を占いで解いたり、実在しないものに聞いたりするなんて理に適《かな》いません」

「でも、お二人とも真剣でありますよ」

「そうです！　わたしの占いは絶対に当たります。さっきの占いも、悪いことは『新たな騒ぎが起きる』と出ていました。当たっています」

ルシダリウスがむくれ顔でリデルを見つめる。ロガエスはフィグレの顔をまじまじと見つめていた。

「実在しないものに聞く？　誰のことでしょう？　ウリエルさまのことではないですし、

私、他に誰かの声を聞いた覚えはありません……」

「これ以上、話をややこしくしないで欲しい」

アブラメリンがぼやく。

「あんたたち、勉強熱心だね。私も自習したくなってきたな（嘘）」

背後で声がする。ドキッとして振り向くと、厭世的《えんせいてき》な雰囲気をまとった黒髪の少女が立っていた。リデルを横目で見て、フーッとチューインガムを膨らませる。更に膨らませたチューインガムの中に小さなガムをもう一つ膨らませてみせた。

「おおーっ！　ソフィ殿、すごいであります！」

目を見開くリデルの肩をポンと叩き、ソフィ・アンタゴニスタはアルスノトリアたちを見回す。両手をポケットにつっこみ、テーブルに広げられた彼女たちのノートを見つめた。首を傾げる。

「面白そうな問題だね（嘘）」

「あら、ソフィアさん。今日は授業でお見かけしませんでしたわね。どちらにいらっしゃいましたの？」

ピカトリクスが訝《いぶか》しむ。ソフィ・アンタゴニスタは平然とした顔で「私はいたよ。あんたに見えてなかっただけさ」と答えた。

「見えてなかっただけって、そんなわけありませんわ！」

「どうやって証明するんだい？　私はいた。いなかったというのなら、その証拠を出してくれ」

「先生方が出欠を採ってますわ」

「つまり、先生たちにも見えてなかったってことだね。ねえ、アルスノトリア？」

「ふえ……あの……」

急に話を振られたアルスノトリアは縮こまってしまう。メルが割って入った。

「トリはソフィアちゃんを見落としたりしないよ」

「そうか。それは嬉しいね（嘘）」

ソフィ・アンタゴニスタがアルスノトリアに含みのありそうな笑みを向ける。戸惑《とまど》うアルスノトリアの頭を、何故か椅子の隙間から姿を現した小《しょう》アルベールが撫でた。メルも「あたしも！」と言って撫でる。

「ふわわっ」とアルスノトリアは目を丸くした。

「ちょっとソフィアさん。誤魔化さないでいただきたいですわ」

ピカトリクスが呆れた顔になる。黒髪の少女は一つため息を吐《つ》いた。

「私が授業に出ていたかどうかよりも、この問題について話し合った方が良いよ。何しろ、あんたたちの書いた代入式は不完全だから」

「何ですって！　そんなはずが……」

ソフィ・アンタゴニスタの指摘にピカトリクスは真剣にノートを見つめる。

「先生に教えていただいた通り、正しい解法で解いたはずですわ」

「なるほど。あんたは正しい解法で解けば正解が導き出せると考えているわけだ」

「それの何が間違っていますのっ?」

ソフィ・アンタゴニスタが上目遣いに言った。

「あんたたちは『ウリエルさまが仰っている』と言うロガエスを批判したけれど、解法を盲目的に信じているあんただって似たようなものじゃないか」

ピカトリクスが目を見張る。

何か言い返そうとしたが、上手く言葉にならなかったらしく悔しそうに口を噤《つぐ》んでしまった。

「解法そのものが嘘なのだとしたら、導き出される答えだって正しくはない。ルシダリウスの占いの方がよほど真実に近いね」

「ふふん」

心強い味方が現れたと、ルシダリウスが胸を張る。

「占いの結果、答えはこれになったんです。間違いないんです」

「まあ、それも間違ってるんだけどね」

ソフィ・アンタゴニスタがバッサリ切り捨てた。ルシダリウスが椅子を蹴って立ち上がる。涙目になって叫んだ。

「間違ってないもん！　合ってるもん！」

「どうだろうね。疑う余地のないものが果たしてこの世に存在するのかな？」

「いい加減にして」

アブラメリンが割り込む。

「数学の解法は、長い間、多くの数学者が検討して作りあげたもの。信じるに値する根拠がちゃんとある」

ソフィ・アンタゴニスタはニヤリと笑った。

「でも、世界そのものが欺瞞《ぎまん》に満ちていたら、たくさんの数学者の検討も検証も何もかも崩れてしまうのかもしれないけどね」

「それなら、あなたの言うことも嘘ということになるけど」

アブラメリンの返しに黒髪の少女は口笛を吹く。

「分かってくれて嬉しいよ（嘘）」

互いに一歩も引かない。

周りの生徒たちも緊迫した空気に息を詰めている。

リデルは左右を見た。

アルスノトリアがおろおろと助けを求めるように左右を見回している。

何だか親近感が湧いた。

ピンと張り詰めた空気は——

「お待ちなさい！」

頭上から聞こえた涼やかな声によって打ち払われた。

リデルは声の方を見上げる。吹き抜け状になった上階の渡り廊下に白のコートを羽織《はお》り、同じ色のフードを目深《まぶか》に被《かぶ》った少女が立っていた。

「それ以上の諍《いさか》いはわたしが許しません。天界より遣わされしスーパービューティフル天使『ピスティス』参上！」

名乗りを上げ、颯爽《さっそう》と渡り廊下から飛び降りた。数人が悲鳴を上げる。白のコートが大きく広がり、裏地の青を際立たせた。リデルのすぐ側に舞い降りる。

「ここは勉学に励《はげ》む者たちの大切な場所。嘘偽りで惑わすのはもってのほかですよ」

ビシッとポーズを決めてピスティスが言った。

しかし、リデルはそれどころではなかった。

恐らく、その場にいる全員がそれどころではなかった。

渡り廊下から飛び降りた衝撃で、彼女が目深に被っていたフードが脱げかけていたのだ。素顔がほぼ見えてしまっている。

「ソフィ殿、お顔が……」

つい相手の本名を口にしてしまい、リデルは慌てて口を手で押さえた。隣を見ると、フィグレも呆れた顔でフードを被るようスーパー天使ピスティスにジェスチャーを送っているが、当の本人は気づいていない。

スーパー天使ピスティスの正体がソフィであることは、実は学園中の生徒が知っていることなのだけれど、ソフィ自身は気づかれていないと思っているので、皆、暗黙の了解で知らない振りをしている。

「正義の名の下に、この場をわたしが仲裁致します。そなたたち、どこからでもかかってきなさい！」

「いや、かかってきなさいって言われてもね……」

ものすごく渋い顔をしてソフィから目を逸《そ》らしていたソフィ・アンタゴニスタが、とうとう堪《たま》りかねたのか、ピスティスに近づいた。

「ソフィ・アンタゴニスタ。そなたが今回の騒ぎの元凶ですね。今すぐ改心するなら許してあげましょう。いいですか？　この世に悪の栄えたためしんにゃあっ？」

ソフィ・アンタゴニスタが腕を伸ばし、脱げかけていたフードを乱暴に被せる。勢いに押されて前につんのめったピスティスは「何をするんですか⁉」と声を荒らげた。

「はあ……。やるなら、もう少し上手くやってほしいね」

ソフィ・アンタゴニスタが彼女から目を逸らして言う。ピスティスはハッと気づいたらしく、フードの位置を整え「これは違うんです、ソフィアちゃん」と囁《ささや》く。

「何のことかな？　私はスーパー天使様と知り合いになった覚えはないけど」

「あ……そ、そうよねっ。じゃなくて、そうですね！　わたしはスーパー天使ピスティス。そなたたち、無益な争いはやめて仲良く勉学に励みなさい！」

「今のところ、一番騒がしいのはあなたなのでは？」

ロガエスが真顔で痛烈な一撃を放った。

「そんなはずが⁉　わたしは正義を執行しているだけなのに！」

バサアッと白のコートを舞い上げてロガエスに向き直る。ピカトリクスが口元に指を当てて「そんなに動いたらまたフードがずれますわ」と心配そうに呟《つぶや》いた。

「もういいから。早くテスト勉強に……」

戻ろう、というアブラメリンの言葉が出ることはなかった。

気づくと至書塔の精霊が怒ったようにリデルたちを取り囲んでいた。

「うるさいナリー」

「至書塔で騒ぐのは良くないナリー」

「出ていくナリー」

「他の生徒に迷惑ナリー」

「迷惑ナリー。迷惑ナリー」

一斉《いっせい》に叱《しか》られ、リデルたちは「ごめんなさい！」と謝りながら至書塔を出ていった。

「怒られちゃったねー」

メルがアハハハと誤魔化すように笑う。

「私《わたくし》たちは悪くないはずですわっ。ソフィアさんがおかしなことを言うから……」

「……元凶」

ピカトリクスと小アルベールは不満そうだ。

「私もつい張り合ってしまった。ごめん」

アブラメリンが皆に謝る。

「リデルとフィグレも巻き込んでしまって、ごめんなさい」

こちらにも謝ってきたので、リデルは首を振った。

「気にしなくてもいいであります。それより……」

アルスノトリアに目をやる。彼女はしゅんと萎《しお》れていた。一房《ひとふさ》だけ跳ねている髪も今はぺたんと力なく項垂れている。

「ごめんね、トリ！　一緒にテスト勉強するはずだったのに」

メルが彼女に抱きついた。

「このままじゃ小テストが悲惨なことになっちゃうよ。何とかしないと！」

「一番心配なのはメルさんですわよ」

「だからだよ！　みんなで力を合わせて困難を乗り越えよう」

「至書塔以外で勉強ができる場所といえば……」

アブラメリンが思案顔になる。小アルベールがポツリと言った。

「……寮」

「そうなりますわよね。でも、時間が……」

「就寝前の自習時間がありますけど、それだけだと足りないでしょう」

考え込むピカトリクスにフィグレも意見を述べる。「ふむ」とリデルは腕を組んだ。

「こうなったら自分、熱の精霊にお願いしてランプを灯《とも》してもらうであります。布団の中で密かにテスト勉強をする所存」

覚悟を決めて口にする。

すると、皆がこちらを振り向いた。

「それ、いい！」

メルが声を上げる。小アルベールも「名案」と呟いた。

「私たちが使える時間を考えると、消灯後の時間しかないことは明白です。合理的な判断ですね」

フィグレも頷く。アルスノトリアが顔を上げた。その目には歓喜と心配が入り交じっている。アブラメリンがその心配を代弁するように言った。

「就寝時刻は守るべき」

「それはそうですけれど……」

口を尖《とが》らせ、ピカトリクスが反論する。

「申請すれば夜の活動が認められることもあります。寮の談話室ならいつでも利用できるはずですわよ」

「うん。一応、言っただけ。私も賛成よ」

「あら。珍しく意見が合いましたわね」

「それは……」

アブラメリンがチラッとアルスノトリアを見た。ピカトリクスも小さく頷く。

「では、皆さん。寮に戻って準備をするのですわ」

「おー！」

メルが嬉しそうに腕を突き上げた。

「ふわわ……。あの、リデルちゃんも……」

急な展開に目を白黒させていたアルスノトリアがリデルの方をチラチラ見る。リデルは咄嗟《とっさ》に手を挙げた。

「その勉強会、自分も参加して良いでありますかっ？」

「私《わたくし》たちは構いませんけれど、リデルさんは第十寮ですわよね」

「私たちの第五寮に来るなら、その旨《むね》を日直に伝えておかないと」

「了解であります！」

ピシッと敬礼する。メルが「よろしくね！」と敬礼を返した。

「それではリデル、また後で」

「はい！　よろしくであります」

フィグレと挨拶を交わし、リデルは一旦、自身が暮らす第十寮に戻った。

自室に入る前に、日直の部屋へと急ぐ。

「カラドラ殿、いるでありますか？」

扉をノックすると、「い、いるー！」と少したどたどしい返事があった。リデルは勢い込んで扉を開く。

「カラドラ殿、実はお願いがあああああっ？」

室内に入った途端、床に落ちていた布きれで足を滑らせ、ひっくり返った。背負っていたリュックサックがガチャリと鳴る。天井を見上げる格好になったリデルの上に猫耳のような髪型をした金髪の少女が飛び乗ってきた。

「リ、リデルちゃん。どど、どうしたの？」

オレンジと青。左右の色が違う瞳を見開き、こちらを見つめる。リデルは「たはは」

と笑い、カラドラが落ちないようゆっくり身を起こした。

「足を取られてしまったであります」

「ご、ごごごめん……。ぬ、縫いもの、してた！」

「お！　新作でありますか？」

「えへへ。……え、ええと、何だっけ？」

リデルに跨《また》がったままカラドラは笑顔になり、それから首を傾げる。彼女は思考があちこちに飛んでしまうことをリデルは理解しているので「どんな縫い物をしてたのでありますか？」と尋ね直した。

「こ、これ！」

リデルのお腹の上から降りて、カラドラは一枚の布を手に取った。端布を継《つ》ぎ合《あ》わせたパッチワークが彼女の体と同じくらいの大きさまで作り上げられている。

「これはすごいであります！　見事な技術でありますな。特にこの辺りなど」

感心してじっくり眺める。カラドラは嬉しそうに笑った。

「こ、ここ、上手く……できた！」

「ほうほう。さすがであります。細かい部分も丁寧に縫われているでありますね」

「えへへ」

くっついてきたので、つい頭を撫でる。

「あと、ここと、こ、ここっ……他にも！」

「ここはカラドラ殿の頑張りが良く分かるでありますよ。色の合わせ方もきれいで……そんな場合ではないであります！」

ここに来た目的を思い出し、リデルは声を上げた。カラドラが目を丸くする。

「リデルちゃん？」

「カラドラ殿、パッチワークはまた今度、ゆっくり見せてもらうであります。今日はお願いがあってここに来たであります」

リデルは居住まいを正す。

「今夜、自分は第五寮で勉強会に参加するであります」

「べべ、べんきょう、かい！」

「つきましては、就寝前の点呼で自分がいないことをご了承願いたく」

決意を込めてカラドラを見つめる。

カラドラは何故かリデルの頭を撫でた。

「……あの、カラドラ殿？」

「な、撫でられると、きき、気持ちいい」

「それはそうなのでありますが……。点呼の件は？」

「わ、分かった！」

「おお！　ありがとうであります！」

喜びのあまり立ち上がる。カラドラの手が滑ってリデルの顔に当たった。カラドラは、そのままリデルの顔を撫でる。

「カラドラ殿、おやめくだひゃい」

「ん？　な、ななんで……リ、リデルちゃんの顔、撫でてる……の？」

「自分ひも分からないでありましゅ」

「あ……。つ、つづき！」

カラドラは急に撫でるのをやめてパッチワークの布を掴んだ。床に座り込み、黙々と縫い物を始める。

「それでは、自分はこれにて」

リデルは彼女の集中を途切れさせないよう、小声で言ってカラドラの部屋を辞した。


「時間をかけ過ぎたであります。急ぐであります っ」

背中のリュックサックをガシャガシャ鳴らしながら、リデルは第五寮への道を早足で進む。本当は走りたいが、それは淑女の作法に反するので逸《はや》る心を抑えつつ、きびきびと歩を進めた。

寮で夕食を摂《と》った後、リデルは部屋で勉強会の準備を整え、第五寮に向かうつもりだった。ただ、夜通しの勉強会にどのような準備が適切か考えているうちに時間が過ぎてしまい、急ぐ羽目になったのだ。

「皆さん、すでに勉強会を始めておられるでありましょうか」

急ぎ足で第五寮の前まで来ると、エントランスにフィグレが立っていた。リデルの姿を認めて小さく手を振る。リデルは彼女に駆け寄りながら謝った。

「遅くなったであります！」

「慌てなくていいですから、足下に気をつけ――」

「おわあああああああ⁉」

ちょっとした段差に蹴躓《けつまず》き、リデルはフィグレの足下に頭から滑り込んだ。

「だから言ったんです。ほら」

フィグレが手を差し伸べてくれる。「申し訳ないであります」と照れ隠しに笑った。手を取ってリデルを引っ張り上げると、フィグレは「リデルが頭から滑り込んでくる姿、意外と可愛《かわい》いですね」と言う。

「何と⁉　自分、転んだ姿を褒められたのは初めてであります」

「あの滑り込み方には再現性がありそうです。もう少し観察回数を増やさないと統計的なデータが取れませんけれど」

「はーっ……。フィグレ殿はすごいであります」

フィグレに先導されて第五寮の廊下を歩く。やがて「談話室」とドアプレートのある部屋に辿り着いた。扉を開けると、アルスノトリアたち五人が振り向く。

「リデルちゃん、いらっしゃーい！」

メルが真っ先に声を掛けて来た。ピカトリクスが上品に「こんばんは」と挨拶する。

「この度はお招きにあずかり、恐縮であります！」

挨拶を返して室内に踏み入る。しかしリュックサックが扉に引っ掛かって途中で全身がビタッと止まってしまった。「あうっ」と声が漏れる。

「気をつけて下さい。一体、何をこんなに持ってきたんですか？」

フィグレに手伝ってもらってリュックサックを中に引っ張り込んだ。「この辺に置いとくといいよ」とメルに言われたので、部屋の隅に降ろす。

「いやー、お騒がせしたであります」

リュックサックの中から筆記用具を取り出す。それから教科書を一通り。だが、数冊出したところでリデルは固まった。

「あ……。肝心の『魔法鉱物学』の教科書を忘れたであります……」

がさごそと漁り、どこにも見当たらないのを確かめてから六人に向き直る。

「急いで取ってくるであります。皆さんは自分のことなど気にせず、勉学に邁進《まいしん》していただきたく！」

部屋を飛び出そうとしたリデルの背中に遠慮がちな声が届いた。

「あ、あのっ……」

振り向くとアルスノトリアが両手で「魔法鉱物学」の教科書を持ち、自分の顔の前に掲《かか》げている。

「一緒に、見ませんか?」

「トリ殿っ」

「分からないところが多いので、教えてくれると嬉しいです」

恐る恐るといった調子で言う彼女の髪が一房、迷うように揺れている。リデルは彼女の親切心と謙虚さに心打たれた。

「教科書を忘れたポンコツな自分に、何と心優しいでありますかっ。このご恩は必ずお返しするであります!」

「あの、その……。わたしも助かるので……」

リデルが近づくと、アルスノトリアはおどおどと困ったような顔になる。アブラメリンが椅子を引き、「座って」とリデルを誘《いざな》った。リデルは一礼してアルスノトリアの隣に座る。お風呂上がりらしい彼女の銀髪はきれいに整えられていて、仄《ほの》かに石鹸《せっけん》とハーブの香りがした。

「よーし、始めるよ! 小テストで良い点取って、ペルをビックリさせるからね」

メルが元気良く言う。隣で小アルベールがこくりと頷いた。

「ペルの鼻を明かして差し上げますわ。私《わたくし》もクラス委員長《セレクト》として満点を取っておかないといけません」

「いつも言ってるけど、クラス委員長《セレクト》はまだ決まってないよね」

メルが呟く。「いずれそうなるから良いんですの！」とピカトリクスが声を上げた。

「小テストの範囲だけど」

二人が言い合っている間にアブラメリンが教科書を開く。リデルはアルスノトリアの教科書を覗《のぞ》き込《こ》んだ。ノートをパラパラ捲《めく》って出題範囲の頁《ページ》を探す。

「今日の特別授業も範囲に入るんですよね」

フィグレも身を乗り出してきた。

「そう。でも、応用みたいなものだから基礎をきちんと理解しておけば問題ない」

「ふわっ……」

「その基礎が難しいであります……」

リデルとアルスノトリアは期せずして同じような表情になってしまう。アブラメリンは「大丈夫」と教科書の一文を指し示した。

「焦らなくていい。数は多いけど、丁寧に覚えていけば理解できてくるから。例えば……」

アブラメリンの説明に耳を傾ける。二人揃って相槌《あいづち》を打った。

「なるほど。アブラ殿の説明は分かりやすいであります」

リデルは感心する。「大したことじゃない」とアブラメリンは言うけれど、リデルにとっては霧が晴れたような感覚だった。

「トリ殿は、いかがでありますか？」

隣の少女を見る。

彼女は目を回していた。

髪の毛が一房、疑問符の形で固まっている。

「トリ殿⁉」

「トリ、大丈夫だから。何度でも説明する」

アブラメリンが少女の肩をポンと叩いた。ハッと目を開き、アルスノトリアは申し訳なさそうに身を縮《ちぢ》こませた。

「アブちゃん、ありがとうです」

「うん。それなら、少し例を挙げながら——」

「ちょっとメルさん。真面目にやっていただきたいですわっ」

向かいの席でピカトリクスが叫んだ。そちらを見るとメルが机に突っ伏している。落ちそうな瞼《まぶた》を懸命に上げながら力なく言った。

「眠い……。それに、いっぱい頭使ったらお腹減ってきた……」

「まだ一時間も経っていませんわ！」

睡魔に屈しそうなメルを必死に揺すって起こそうとする。

「メルちゃん、眠そうです。無理しない方が……」

アルスノトリアが心配そうに言った。メルがほとんど目を閉じた状態で「平気だよ、トリー」と返す。

「まったくこれっぽっちも平気ではないのですわ！　起きて下さい、メルさん！　仕方ないですわね……」

ピカトリクスがスッと立ち上がった。

「こんなに早く、切り札を出すことになるだなんて」

「ピカちゃん、何するですか……？」

心配そうなアルスノトリアに微笑《ほほえ》み、ピカトリクスは美しく整えられた金髪をさらりとかき上げた。

「ご安心なさって、トリさん。私《わたくし》が淑女として優雅に解決してみせますわ」

そう言い残し、颯爽《さっそう》と談話室を後にする。小アルベールが何かに気づいたのか、無言でピカトリクスの後を追っていった。

「私たちは勉強を続けましょう」

アブラメリンが説明に戻る。ピカトリクスたちのことは気になったけれど、今はこちらの方が重要だとリデルは彼女の説明に耳を傾けた。

ふと、隣の少女に目を向ける。

とても真剣な横顔。

アブラメリンの説明にコクコクと頷き、ノートに一文字一文字丁寧に書き込んでいく。所作は決して早くない。ただ、一生懸命さが伝わってくる。

ああ、そういうことなんでありますなぁ。

リデルは少し分かった気がした。

彼女のひたむきさが、皆を惹《ひ》きつけている。

もちろん、自分も。

その優しさだけでなく、真摯《しんし》に取り組む姿が快いから、力になってあげたくなる。こんなポンコツな自分にも何かできないかと思わせてくれる。

アルスノトリアという少女は、そういう存在なのだ。

「……ここまでは分かった？」

「はいですっ。アブちゃん」

真剣な眼差しで答える彼女にアブラメリンは「うん」と微《かす》かに笑みを見せる。

「あ……」

そのとき、アルスノトリアが鼻をひくつかせた。

「すんすん。良い匂いです……」

「……ああ。多分、ピカね」

そうアブラメリンが言うのとほぼ同時に扉が開き、ピカトリクスと小アルベールが銀製の盆に紅茶セットとビスケットを載せて室内に入ってきた。

談話室に広がる香ばしい匂いにメルがガバッと起き上がる。

「美味《おい》しそうな匂い！」

「眠気覚ましに用意しておいたのですわ。少し休憩に致しましょう」

「わあっ！」

アルスノトリアの髪が一房、ぴょこぴょこ跳ねる。

「メルさん、お行儀が悪いですわね」

そろりとビスケットに手を伸ばしたメルを見てピカトリクスが「まったく」と微笑んだ。メルはペロッと舌を出す。

「先に一枚だけ。いいでしょー？」

「抱きつかないで下さい。手許《てもと》が狂ってしまいますわ」

メルにまとわりつかれながらもピカトリクスは紅茶の茶葉をティーポットに入れて、勢い良くお湯を注ぐ。蓋《ふた》をしてから砂時計を取り出した。

「美味しい紅茶を楽しむためには、きちんと時間を計ることが大切なんですわ」

「早く、早くーっ」

「メルちゃん。もう少しの我慢です」

アルスノトリアがキュッと両手を握る。

その間にアブラメリンとフィグレは机の上を片付けていた。リデルも慌ててノートを閉じ、脇によける。他にも何か手伝うことはないかと声を掛けた。

「ピカ殿、お手伝いするであります」

「あら、ありがとうございます。では、カップをそちらに並べてくださいませ」

砂時計をじっと見つめたままピカトリクスが答える。

「了解であります！」

リデルはティーカップとソーサーを載せた銀盆を持ち上げた。ピカトリクスの側まで運んでいく。

「このカップ、初めて見るです。ピカちゃんのですか？」

アルスノトリアが瞳を輝かせてティーカップを見つめた。リデルも目を落とす。白地に青の装飾が施された磁器だ。一つ一つ絵柄が違うので眺めるだけでも楽しい。思わず見入っていると「リデルさん⁉」と声がした。

「はうっ？」

腹に椅子の背もたれが当たる。身を乗り出す形になり、銀盆を前に突きだしてしまった。ティーカップが滑って幾《いく》つか盆から落ちる。

「あああああっ……」

今朝の鉱石が脳裏に蘇《よみがえ》った。あのときは鉱石だったので落としても大事にはならなかった。でも、ティーカップが机に落ちたら。それどころか床に落ちたら。

「ごめんなさいでありますぅぅぅっ……！」

銀盆に載ったままのティーカップをかろうじて押さえる。しかし落下したカップはどうしようもない。顔から血の気が引く。

「とりゃあああ！」

瞬間、メルが飛び出し、机の上に落ちそうだったティーカップを二つ、鮮やかにキャッチした。残る一つは大きな包帯の手がポスンと受け止める。

「……無事」

小アルベールが呟いた。包帯の手は彼女の腕から伸びている。

「た、助かったのであります……」

銀盆を机に降ろし、へなへなと床に座り込んだ。アブラメリンがポンと肩を叩く。

「リデル、怪我《けが》はない？　思い切り背もたれにぶつかっていたけれど」

「アハハ。自分、頑丈ですので。それよりピカ殿のカップが割れなくて良かったのであります」

「そんなこと気にしなくてもいいのですわ」

ピカトリクスが言い、ホッと息を吐いた。

「とはいえ、割れなかったのは幸いですわ」

「やっぱり、これ。ピカちゃんの秘蔵のカップなんだねっ」

メルが手にしたカップを見ながら言う。

「リデルさんもお招きしての勉強会ですから。特別感を演出しようと思ったのですわ」

「そのようなお気遣いまでっ。重ね重ね、ごめんなさいであります。自分、今日はつくづくポンコツであります……」

「その台詞《せりふ》、毎日、聞いている気がしますわよ？　……って、ああああああ！」

あくまで優雅な態度を崩さなかったピカトリクスが、この世の終わりのような表情になってがっくりと崩れ落ちた。

「ピカちゃん……？」

アルスノトリアがおろおろと声を掛ける。震える指でピカトリクスは机の上の砂時計を指差した。さっきの騒ぎの影響だろう。砂時計は倒れていた。

「時間を……時間を計り損ねましたわぁっ……！」

悲痛な叫びにメルが「なーんだ」と口にした。

「そのくらいいいじゃん。早くカップに注いでビスケット食べようよー」

「そのくらいではありませんわ！　私《わたくし》の至高の一杯がっ……」

「まあまあ」

メルが宥めようとするが、ピカトリクスはすっかり落ち込んでいる。

「自分のせいであります……！　自分がもっと気をつけていれば……」

リデルも項垂れた。

「あと五秒です。……三、二、一」

そのとき、ずっと静かにしていたフィグレが急に口を開いた。

「はい、今！　ピカトリクス、紅茶を注いで下さい。ティー・ストレーナーも忘れずに」

「フィグレさん？」

「何をしているんですか？　至高の一杯が遠ざかってしまいますよ。時間なら私が計っていました」

そう言った彼女の目は真剣そのものだった。

「砂時計の砂が落ちるのを見ていたら、そのことしか考えられなくなってしまって。砂時計が倒れた後も心の中でカウントしていました。実験でも時間経過の把握は大切なので、普段から……」

「フィグレさん！」

感激とともに復活すると、ピカトリクスは何やら語り続けるフィグレを気にすることなく細心の注意を払って紅茶をカップに注いでいく。

繊細な香りが漂《ただよ》い、アルスノトリアが深呼吸して穏やかな表情になる。

「ううう……。お腹空いてきた。もう我慢できないよー」

メルが訴える。

全員分を注ぎ終えたピカトリクスは「砂糖はおいくつ？」と優雅に尋ねる。

「ピカちゃーん！」

「ふふふ。分かってますわ。さあ、どうぞ」

「わーい！　いただきまーす」

メルがビスケットを一つつまみ、サクッと齧《かじ》る。瞳が輝いた。

「美味しいです」

アルスノトリアもちょこちょこ齧りながら言う。

リデルは紅茶を口にする。

時々、寮で飲んだり食事塔で飲んだりするので特に気にしていなかったけれど、一口含んだ途端、いや、香りが鼻をくすぐったときにはっきりした違いを感じていた。

「これは……華やかな味わいでありますっ。高級な茶葉でありますかっ？」

「ふふっ。もちろん淑女に相応《ふさわ》しい品ですけれど」

驚くリデルにピカトリクスが誇らしげに微笑む。

「いつも飲んでいるものと大差ありませんのよ。味わいが違うと感じられたのなら、それは淹《い》れ方《かた》の差ですわね」

「はーっ。すごいであります！　完璧であります！」

「あらあら。それほどでも」

謙遜《けんそん》しつつも、ピカトリクスは鼻高々といった様子だ。

「ピカちゃん、そういうの拘《こだわ》るよね」

ひょいとビスケットを口に放り込み、メルが言う。

「当然ですわ。完璧な紅茶の淹れ方を身につけるのは淑女の嗜《たしな》みですもの」

「そっかー」

「他人事《ひとごと》のように言わないで下さい。メルさんだってここアシュラムの生徒として相応しい品格を身につけていただかないと困りますわ」

「うーん……。分かってるけどさ～。どっちかっていうと外で色んなもの見たり聞いたり感じたりしたいな！　トリはどう？」

「え……えっ……？　わたしは……分からないです」

「急には思いつかないよねー。しょうがない」

メルが眉を八の字にしたアルスノトリアに頷く。

それからしばらくお喋《しゃべ》りが続いた。

リデルにはどんな話も興味深く、楽しい話題だった。

皆、それぞれに色々なことを知っていて、色々な思いがあって、ぼんやりと将来のことを考えていたり、考えていなかったり。

気づけばかなりの時間が過ぎていた。

「そろそろ勉強に戻ろう」

アブラメリンに促され、勉強会が再開される。

リデルは再びアルスノトリアと一緒に「魔法鉱物学」を学んだ。

やがて、メルが限界を超え、とうとう机に突っ伏したまま動かなくなった。ピカトリクスと小アルベールが彼女を抱え、部屋に運ぶ。

談話室に戻ってきたのはピカトリクスだけだった。小アルベールも眠ったらしい。

リデルとアルスノトリアにアブラメリンとピカトリクスが勉強を教える形になった。

フィグレは一人で黙々とノートにペンを走らせている。すごい集中力だと感心していたら、ピカトリクスが「フィグレさん」と眉を顰《ひそ》めた。

「あなた、魔法鉱物学の勉強をしていたのではありませんの？」

「もちろんしていますよ。新しい研究課題を発見したので考えているところです。この理論が実証されれば魔法鉱物学に新たな可能性が生まれます」

「そうやってすぐ脱線するから成績が伸びないんですのよっ」

「だって気になって仕方ないんです！」

ピカトリクスの苦言をフィグレは全く意に介さない。

「トンデモ理論を展開することにならなければいいけど」

アブラメリンがぽつりと呟いた。

しかしフィグレはきょとんとする。

「トンデモ理論？　誰がそんな非科学的な理論を？」

「あなたよ……」

額に手を当て、アブラメリンが項垂れた。ピカトリクスが頭《かぶり》を振る。

「フィグレさんは、自由にしていて下さいな」

「ええ。アルスノトリアとリデルのことをお願いします」

そう言ってフィグレはまたノートにペンを走らせた。

フィグレ殿は我が道を行くといった感じであります。

その姿勢を素直に尊敬する。

深夜のテスト勉強は続き。

やがてリデルはうつらうつらと意識が途切れだして——

いつしか眠りに落ちてしまった。

ハッと顔を上げる。

「ごめんなさい。寝てしまったであります」

誰にともなく言い、リデルは室内が薄暗くなっていることに気づいた。上半身を起こすと、肩から毛布が滑り落ちる。それを拾い上げ、周りを見回した。

談話室は薄暗い。ランプの中にいる熱の精霊が光を絞っていた。

隣でフィグレが寝息を立てている。彼女の肩にも毛布が掛けられていた。その隣でピカトリクスが眠っている。右を見ると隣で勉強していたはずのアルスノトリアの姿はなく、一つ離れた椅子でアブラメリンが寝ていた。やはり毛布が掛けてある。

「トリ殿?」

首を巡らせ、薄暗い室内で唯一明るいところを見つけた。離れた机にランプが置かれ、そこで銀髪の少女が教科書に向き合っている。

リデルはそっと彼女に近づいた。うつらうつらしているアルスノトリアは、時折、目を擦《こす》り、それでも懸命に勉強を続けている。

「トリ殿」

小声で呼びかけてみた。すぐには気づかなかったけれど、もう一度呼ぶとぼんやりし

た顔でこちらを見上げる。

「毛布、ありがとうであります」

お礼を言って隣に座った。アルスノトリアは長い前髪をつまみ、「ごめんなさい……」と何故か謝る。

「起こしちゃったですか？」

「そんなことはないであります。それに、自分も勉強せねば」

ノートを開き、教科書を覗き込む。アルスノトリアがそろそろと教科書をこちらに押し出した。

「そのくらいで大丈夫であります。自分、見せてもらっている立場ですので」

リデルが遠慮すると、アルスノトリアはもじもじする。

「トリ殿はすごいであります。自分たちが寝てしまった後も一人で勉強を続けていたでありますな」

「わたし……なかなか覚えられないから……」

彼女のノートには同じ単語が幾つも並んでいた。

「反復練習でありますな。訓練の基本であります」

「ふわわ……」

アルスノトリアは恥ずかしそうにしているけれど、リデルにとっては眩《まぶ》しい努力の痕《こん》跡《せき》だった。なかなか成果が出なくとも、一歩一歩踏みしめ歩んでいく。それは自分自身も見習うべき姿だ。

それからしばらく、二人で勉強を続けた。

お互い、分からないことは教え合う。ただ、どちらも分からないときは困った。二人とも教科書をあちこち捲り、アブラメリンやピカトリクスの説明を思い出しながら考えてみる。そうやっているうちに、アルスノトリアがリデルに寄りかかってきた。

「トリ殿？」

寝息が聞こえる。

「さすがに限界でありますな」

起こさないよう、ゆっくり机に上半身を降ろし、自分が掛けてもらっていた毛布を肩から被せた。ランプの灯《あか》りを遠ざける。

「お休みなさいであります。トリ殿」

囁き、向かいの席に移動しようとしてリデルは足を止めた。

「……このままでは寒いかもしれないであります」

毛布は小柄なアルスノトリアの全身を覆っているけれど、お腹や足先は包まれていない。これでは体を冷やしてしまうかも。

「トリ殿、失礼するであります」

アルスノトリアの体を起こし、毛布をお腹の方までぐるりと巻きつけた。しかし、これではリデルが手を離した途端、元に戻ってしまう。

「ここをこうして……結んでしまえばっ」

毛布の端を摑んで無理やり結んでみた。椅子ごとアルスノトリアを固定する。上手くいったように思えたけれど、足が出たままだった。どうやら毛布の丈が足りないようだ。何かないかと周りを見る。部屋の隅に自分の持ってきたリュックサックがあった。

「そうでありますっ」

駆け寄り、中から毛布を引っ張り出す。仮眠用に持ってきていたものだ。念のため三枚持ってきている。これを使えばアルスノトリアをすっぽり包むことができるだろう。リデルは意気揚々と彼女の下に戻り、毛布を重ねた。

「あうう……」

アルスノトリアが眉を八の字にして息を漏らす。リデルはハッとした。

「これではトリ殿が苦しいであります」

重ねていた毛布を外してかけ方を変えてみる。あれこれ試してみたが、なかなか上手く収まらない。悪戦苦闘しているうち、気づくと何故かリデル自身の体にも毛布を巻きつけていた。

「な、何が起きたでありますかっ？」

巻きついていた毛布を外した途端、アルスノトリアにかかっていた毛布まで脱げてしまう。椅子から滑り落ちそうになった彼女を慌てて抱き留めた。

「一旦、こちらに……」

床に広がった毛布の上にそっと降ろし、一息つく。アルスノトリアの綺麗な銀髪が乱れてしまったので一生懸命整えた。

「毛布をかけるというのは難しいものでありますな」

額に滲《にじ》んだ汗を拭《ぬぐ》う。

気合いを入れ直してアルスノトリアに毛布をかけ直そうとしたとき、背後に視線を感じた。ハッと振り返る。

「皆、就寝……」

薄暗い室内《こ》に赤い瞳が際立つ。黒髪おかっぱの少女がいつの間にか立っていた。

「小アル殿っ。お休みになったのでは？」

「……確認に来た」

「様子を見に来てくれたでありますか」

「肯定」

そう小声で答えると、小アルベールは寝息を立てているアルスノトリアを覗き込む。

「小アル殿。自分、上手く毛布をかけてあげることができないであります……」

「問題ない」

リデルに淡々と返し、小アルベールは二枚の毛布を使って巧《たく》みにアルスノトリアを包んだ。「おおっ」と感嘆の声を上げるリデルに「あっちも」とピカトリクスたちの方を指差す。

「ピカ殿たちも、椅子で寝るより横になった方が良いでありますな。自分がお部屋まで運びましょうか？」

「大変……」

「それもそうでありますな」

運んでいる最中に怪我をさせてしまってはいけない。無理に部屋へ運ぶのはやめて、小アルベールと二人、椅子で寝ているピカトリクスとアブラメリン、フィグレを床に寝かせて毛布をかけた。

小アルベールがそれぞれの部屋から枕を持ってきたので、それを頭の下に滑り込ませる。アルスノトリア含め、四人を並べて寝かせることに成功した。

「上手くいったであります。小アル殿、感謝であります」

小声で彼女に感謝を伝える。

しかし、小アルベールの姿が見当たらなかった。

「小アル殿？」

首を巡らせる。薄暗い談話室で動いているのはリデル一人だけだった。首を傾げつつ立ち上がりかけて、それに気づいた。

「………………」

小アルベールが並んで寝ているアルスノトリアとピカトリクスの間に挟まっていた。

「小アル殿っ？　何故、そんな狭いところに……。部屋に戻ってお休みになった方が良いでありますよ」

「……この隙間が、丁度いい」

「そ、そうでありますか」

少し驚いたが、たまに彼女が狭い隙間に自ら入り込んでいるのを見たこともある。

(小アル殿には居心地がよいのでありますな)

リデルは納得し、机に向かう。

それからしばらく一人で勉強していたが、いつしか眠りに落ちていた。

朝、目覚めたとき。リデルはフィグレの隣で横になっていた。

第三章

「小テスト、終わったー！」

メルが元気良く腕を伸ばす。

「トリ、どうだった？」

「えっと……。一生懸命、やりましたです」

「あたしも！　これは満点かもねっ」

「ふわわ……」

はしゃぐメルに心配そうなアルスノトリア。そんな二人を後ろの席から眺めていると隣のフィグレが席を立ちながら言った。

「リデルはどうでした？」

「やっぱり難しかったであります。でも、一歩も後退せず最後まで戦い抜いたであります。皆さんとの合同演習が役に立ったのでありましょう」

「勉強会で復習したところが中心でしたから大丈夫ですよ」

「フィグレ殿はいかがでありましたか？」

「もちろん満点に決まっています。取ったことはないですけど」

「その自信、さすがでありますっ」

リデルも席を立ち、二人並んで廊下に出る。窓から外を眺めた。蟲《むし》の襲撃で壊された防除塔《ぼうじょとう》が見える。まだ修復途中のようだ。

「防除塔の修復、進んでいないようですね」

フィグレが塔を見ながら言う。

「そんなに日が経っていないであります。それに精霊たちも数が足りていないようでありますから」

先日、精霊の手伝いをしたことを話した。自分の失敗がオチのつもりだったのだけれど、その話を聞くとフィグレは「そうなると……」と思案顔になった。窓から少し身を乗り出して壊れたままの防除塔に目を凝《こ》らす。

「防除塔の修復が進んでいないのは、精霊の数が足りないだけではないんでしょう。材料も足りていないんです」

「鉱石でありますな。ペル殿から教わったであります」

「足りないものがあるときは『精霊のお店』で購入するはずですけれど……。できない理由でもあるんでしょうか？」

「お店にも在庫がないという可能性は……」

「まあ、私たちが心配しても仕方ないことですね」

フィグレが窓から離れる。

「きっと先生方が考えておられるであります」

そう言ってリデルはまた歩き出した。


翌日。小テストの結果が返ってきた。

「今回は全員、悪くない点数だったな。赤点が一人もいないっていうのが一番嬉しいところだぜ」

とんがり帽子《ぼうし》を被《かぶ》った影猫《かげねこ》ペルデラが教卓の上で満足そうに頷《うなず》く。

「わ！　六十点とか久し振りかも。トリはどうだった？」

テストの結果で教室内が騒がしい中、メルが声を上げた。

「えと……六十二点、です」

「おおっ。勉強会をやった成果が出たねっ。小《こ》アルちゃんは？」

「…………」

無言で見せる答案用紙には八十五点と記されている。

「小アルちゃん、すご！」

「すごいです……」

「ピカちゃんとアブちゃんは？」

メルの問いにアブラメリンは「他人のことを気にしても仕方ない」と返す。その隣で「ええ。気にしても仕方ありませんわ」とピカトリクスも言うが、彼女の頬は少し引きつっているようだった。

「えー……って、アブちゃん百点だ！　ピカちゃんも九十八点！」

「私《わたくし》としたことが、ケアレスミスですわ……」

ピカトリクスがアブラメリンをチラチラ見る。

「ま、まあ、私《わたくし》も実質、百点のようなものですからっ。アブラさんとは引き分けということですわね」

「引き分けって……。勝負していたわけじゃない」

アブラメリンは淡々と躱《かわ》した。メルがふうむと腕を組む。

「何げに小アルちゃんって成績良いよねー」

「それは確かに。小アルさん、恐ろしい子ですわっ」

アルスノトリアたち五人が小テストの結果に一喜一憂しているのを少し離れた席から眺め、リデルは自分の答案用紙に目を落とした。

「五十五点。大幅な前進であります」

ときには一桁《けた》の点数を取ってしまうこともあるリデルにとって、半分以上の点が取れたというのは快挙だった。

この結果は間違いなく夜の勉強会のお陰だ。隣に座るフィグレに「感謝であります」と頭を下げる。フィグレはきょとんとして、「テストの結果はリデルの実力によるものであって、私の力ではありませんよ」と言った。

「いえ、これは――」

勉強会の成果なのだと続けようとしたとき、ペルデラが前足を打ち鳴らした。

「点数で盛り上がるのはそのくらいにしろー。間違えたところはちゃんと復習しておくんだぜ。それから」

影猫の瞳が教室内をぐるりと見回した。

「今から呼ばれた生徒は、放課後、学園長室に来るように」

その言葉に生徒たちはシンと静まる。

「アブラメリン、ピカトリクス、小《しょう》アルベール、メル、アルスノトリア、フィグレ、それとリデル。おまえらには、ソローから話がある。ちゃんと来いよ」

教室内がざわついた。

リデルは自分の名が呼ばれたことに動転し、反射的に立ち上がっていた。

「はい！　了解であります！」

ビシッと敬礼する。

全員から注目された。

「……やってしまったであります」

顔が熱くなる。フィグレが服の裾を引っ張った。へなへなと腰を下ろす。

「良い返事なんだぜ、リデル。そんじゃ今日の授業はここまで」

影猫がぴょんと教卓から飛び降りる。そこに控えめな声が掛けられた。

「ペル、よろしいですか」

ピカトリクスが挙手している。ペルデラは「何だー？」と軽い調子で返した。

「あの……。できれば、どのようなお話か、ここで聞かせていただきたいのですわ！ちょっとだけでもっ」

不安そうな彼女に影猫はニヤリとする。

「来りゃ分かるんだぜ。ちゃんと全員来いよ」

そう言い残して教卓の影に飛び込んでしまった。

「何だろ？　ピカちゃん、何かした？」

「何かしたとしたら、むしろメルさんの方なのですわっ」

「そっか！　うーん……。でも、思い当たることがないなー」

「第五寮と、リデル……勉強会」

小アルベールが淡々と口にする。

「あー！　叱《しか》られるのかな？」

「ちゃんと許可は取りましたわっ」

リデルはフィグレとともに、あれこれと話すアルスノトリアたちのところに向かう。

アブラメリンが二人を認め、頷いた。

「とにかく、行こう」

「そ、そうですわね……。では皆さん。クラス委員長《セレクト》の私《わたくし》について来て下さい」

「クラス委員長《セレクト》はまだ決まってないんだけどなー」

「メルさん、お静かにっ」

ピカトリクスを先頭に、七人は学園長室に向かった。

星見《ほしみ》塔。天文学の授業で使うこともあるここに、学園長ソロ－の部屋がある。

リデルは緊張で速くなる鼓動を抑えようと何度も深呼吸をした。

先頭に立つピカトリクスが扉をノックする。

すぐに「どうぞ」と優しい声で返事があった。

「失礼致します」

扉を開け、ピカトリクスが一歩、入室する。制服のスカートの裾を軽く持ち上げて左足を引き、右膝を軽く曲げた。優雅なカーテシーで挨拶をする。皆も彼女に続いた。

リデルはギクシャク腕と足を動かして前進する。背負っているリュックサックは一番後ろにいたアブラメリンが上手く扉を通してくれた。

「はい、よく来てくれましたね」

緊張の面持ちで横一列に並んだリデルたちに対し、部屋の主《あるじ》は場違いだと感じるほどのんびりした調子で挨拶した。

「あら？　皆さん、表情が硬いですよ。リラックスして下さいね」

リデルは学園長を見る。長く美しい緑の髪。長身の女性は穏やかな微笑《ほほえ》みを浮かべ、七人に慈《いつく》しみ深い眼差しを向ける。

「ペルに、こちらに伺《うかが》うよう言われました。ソローさま、あの……私《わたくし》たち……」

ピカトリクスの声が尻すぼみになる。隣でメルが「はい！」と手を挙げた。

「メルさん、どうぞ」

「ソローさま、何の用ですかっ？」

「言い方！　メルさん、言葉遣いに気をつけて下さいましっ」

「ふふふ。いいんですよ」

焦るピカトリクスに対し、ソローは口元に手を当てて控えめに笑う。

「もしかして夜遅くまで勉強会をしていたのがいけなかったんですかっ？」

メルは遠慮なく発言する。ピカトリクスが「メルさん！」と腕を摑《つか》んだ。

「あら？」

ソローは首を傾《かし》げる。

「ペルデラは皆さんに何も言っていないのでしょうか？　あらあら、困りましたね」

長い髪を搔《か》き上《あ》げ、学園長は「ペル」と影猫の名前を呼んだ。

「ちょっとしたサプライズってやつだな」

部屋の隅からひょこっとペルデラが顔を出す。ソローの机に飛び乗った。

「もちろん、おまえらが夜更《よふ》かしして紅茶飲んだり、菓子食ったりしてたのも、ちゃんと知ってるんだぜ」

「それは、休憩してただけだよっ」

メルが言い返す。ソローが「まあっ」と声を上げた。

「深夜のお茶会だなんて、とても楽しそうですね」

「おい、ソロー……」

ペルデラが半眼になる。対してメルは「楽しかった！」と言い切った。

「でも、あまり夜更かしするのはよくありませんよ。学業に励《はげ》む姿勢はとても素晴らしいものですけれど、体を壊しては意味がありませんから」

「は、はいっ。以後、気をつけます」

ピカトリクスがすぐに謝る。リデルたちもそれに倣《なら》った。一拍遅れてメルも「ごめんなさい」と言う。

「あらあら、まあまあ」

ソローが口元に手を当てる。

「そんなつもりで言ったのではないのです。皆さん、先日の小テストではとても良い成績を収めましたね」

「えっ？　あたしたち叱られるんじゃないの？　良かった！」

メルが声を弾ませた。ペルデラが「甘やかすなって」とぼやくが、ソローは「よく頑張りましたね」と嬉しそうだ。

「ソローさま！　意見具申よろしいでしょうか」

リデルはビシッと手を挙げた。「どうぞ」と穏やかに促《うなが》され、恥を承知で告げる。

「自分、テストの点数は五十五点だったのであります！　九十点台や満点なら理解できるのでありますが、自分の点数はお褒めいただけるほどのものとは思えず、少し困惑しているのであります！」

「ふわわ……」

アルスノトリアが身を縮こませる。

「ああっ！　トリ殿を悪く言うつもりはなかったのであります……」

「でも、わたしも……」

前髪を弄《いじ》り、そろそろと彼女も小さく手を挙げた。

「六十二点、でした」

「はい。知ってますよ」

ところがソローは愛おしそうに二人を見てゆっくり頷く。

「リデルもアルスノトリアも、前回のテストと比べて点数が上がりましたね。メルも、フィグレも。小アルベール、ピカトリクス、アブラメリンはいつも良い成績ですけれど、今回もしっかり学んでいることが分かりましたよ」

一人一人の目を見て言った。皆、頬を紅潮《こうちょう》させる。

「点数は理解度の目安です。もっと大切なのはよく学び、成長すること。皆さんは自主的に勉強会を開き、それぞれ点数を伸ばしました。その姿勢と研鑽《けんさん》を、私《わたくし》は褒めてあげたいのです」

「ソローさまっ」

感極まったのか、ピカトリクスが瞳を潤《うる》ませる。リデルも「恐縮であります！」と敬礼した。

「ただし」

ソローは人差し指を立てる。

「先程も言ったように夜更かしはよくありません。計画的に勉強するのも大切な学びですよ。今回は特別ですからね」

「はい！」

学園長の言葉にリデルは改めて背筋が伸びる。

「そんな優秀なおまえらに、頼みたいことがあるんだよ」

ペルデラが話に割り込んだ。

「こないだ蟲を防除したときに、防除塔が壊されたのは知ってるよな」

「はい。修復には時間がかかりそうですわよね」

ピカトリクスが頷くと、ソローが「そうなんです」と呟《つぶや》いた。

「本来なら精霊たちが修復してくれるのですけれど、ちょうど休暇の時期に重なってしまって……」

「あいつらにも休みはいるんだぜ」

「おまけに修復するための材料も足りなくて……」

「授業でやったよな。鉱石を用いて修復するんだ。その鉱石が足りなくなってる」

ソローの言葉にペルデラが補足を加える。

「鉱石なら、精霊のお店に在庫があるのでは？」

アブラメリンが尋ねた。ソローとペルデラが首を振る。

「すでに使ってしまいました」

「下界に降りて鉱物資源を調達してくれる精霊も休暇中なんだよ。本当にタイミングが悪いったらないいんだぜ」

「なるほど。それで修復が進んでいなかったのですね」

リデルの隣でフィグレが得心したとばかり頷いた。

「分かってると思うが、防除塔は防除のために大切な場所だ。なるべく早く修復したい。いつまた蟲が襲ってくるか分からないからな」

「それで、皆さんにお願いがあるんです」

ソローが七人を見渡す。

「下界に降りて、鉱物資源を採集してきてくれませんか」

「外に出るの⁉」

「鉱物採集ですか⁉」

メルとフィグレが声を上げげた。

「落ち着けー。あくまで授業の一環だ。魔法鉱物学採集実習ってわけだな」

「どこに行くの⁉　おっきな街とか、あるっ？」

メルがペルデラに迫る。影猫は彼女の鼻を前足でペチッと叩いた。

「落ち着けって。人間のいるところにほいほい連れていけるわけないんだぜ。ちゃんとてるんだぜ」

安全を確認した誰もいない離れ小島だ。いつもそこで精霊が鉱石を採掘して運んでくれ

「そっかー……。色々見て回りたかったんだけどなー」

「観光じゃないんだぜ！　実習。授業なんだから真面目にやれよ！」

ペルデラが釘を刺すけれど、リデルたちの間にはそわそわした空気が漂《ただよ》っていた。

「あのっ。実習ということは、どなたが引率されるんですのっ？」

ピカトリクスが控えめに手を挙げて尋ねる。

「おいらなんだぜ！」

影猫が当然とばかりに答えた。

「おまえら、おいらの言うことをちゃんと聞けよ」

「はーい」

七人ともどこか緩んだ返事になる。「先行き不安なんだぜ」とペルデラがぼやいた。

「採集してきてほしい鉱石はこちらにまとめてありますからね」

ソローが一枚の紙を差し出す。ピカトリクスが受け取って、皆で覗《のぞ》き込《こ》んだ。

「色々ありますのね。……特に必要なのは、イアスピスのようです」

「はい。なるべくたくさん採ってきてくださいね」

「はい！」

返事は期せずして七人揃う。

「おまえら、下界に降りるのは初めてじゃないだろうが、注意事項をおさらいしておくぞ」

ペルデラが気を引き締めるように言った。

「まず、アシュラムで暮らすおいらやおまえらは外界の人間に見られてはならない。そのために必要なもの。それは何だ？　アルスノトリア」

影猫に指名され、アルスノトリアの銀髪が一房《ひとふさ》、ピンと立つ。

「あ、あの……その……」

「落ち着いて答えればいいのですわ、トリさん」

「……平常心」

ピカトリクスが励まし、小アルベールが軽く彼女の背中を叩く。

「はいです」

一度、深呼吸をしてからアルスノトリアは答えた。

「《不可視《ふかし》の印《いん》》、です」

「よーし、正解だ。んじゃ、《不可視の印》についての説明を……」

影猫の目が素早く左右に動く。

「リデル」

「自分でありますか⁉　了解であります！」

敬礼をして、リデルは説明を行った。

「《不可視の印》は、自分たちが人間から見えなくなる魔法であります！」

「…………それだけか？」

ペルデラが首を傾げる。リデルも同じように首を捻《ひね》った。

「あとは、そうでありますなぁ……。ペンダントに刻《きざ》んで持ち歩けば外で行動していても誰にも見つからずに済むであります」

「ああ、そうだな……。その効力が持続する時間は？」

少し不満そうだが、ペルデラは頷いて質問を重ねた。

「持続時間は……鐘が鳴るまでであります っ」

思い出せなかったので、苦《くる》し紛《まぎ》れに記憶の断片を絞り出して答える。「おまえ……」

とペルデラが前足で顔を覆った。

「アブラメリン、答えてみろ」

「《不可視の印》を刻んだペンダントを携帯していれば、私たちは人間世界の時間で四十八時間、姿を隠すことが可能です。残り時間が少なくなってきたら、天人《てんじん》塔上層にある透明な鐘を鳴らして時間がないことを知らせるようになっています」

「正解だ。リデル、ちゃんと覚えておけよ」

「そうでありました……！　自分、ポンコツであります。四十八時間！　しっかり覚えたであります！」

「まあ、大抵の人間はおいらたちの姿を視認できない。でも、動物や子どもなんかはたまに見えることがあるからな。誰もいない離れ小島だからって油断するなよ」

「念のため、四十時間を目安に帰ってきてくださいね」

ソローがつけ足す。皆、「はい」と返事をした。

「出発は明日の朝だ。各自、準備をしたら今日は早めに寝ろー」

「早めに寝ろって言われても、眠れそうにないなー！　久し振りの外ってワクワクする」

鼻歌交じりに廊下を歩くメルの足取りは軽く、今にも跳ね回りそうだ。

「メルさん。実習ですのよ」

ピカトリクスが釘を刺す。

「メルちゃん、すごいです……」

ポツリとアルスノトリアが呟いた。

「わたしは……お外、ちょっと怖いです……」

「大丈夫ですわ、トリさん。私《わたくし》たちがついてますもの」

「離ればなれにならないよう気をつけていればいい」

ピカトリクスとアブラメリンが言う。

「トリー！」

メルが駆け寄ってアルスノトリアに抱きついた。

「ドキドキもあるけど、きっとワクワクもあるから！　ね！」

「は、はいです」

友達に囲まれている銀髪の少女を眺めていると、フィグレに声を掛けられた。

「それでは、また明日。準備に集中しすぎて夜更かししないよう気をつけてください」

「了解であります！」

リデルは第五寮の皆と別れて一人、第十寮に帰る。

自室に入ってリュックサックを降ろすと、早速、明日からの実習に向けて荷物の準備を始めた。

「下界に降りるでありますから、念入りに準備しておかねばならないであります」

まず初めに自分の荷物を用意する。島で泊まりがけなので当然、着替えが必要だ。雨具も入れておこう。ひょっとしたら夜は冷えるかもしれない。防寒用の上着を一枚足しておいた方が良さそうだ。

「これも。これも念のために入れておくであります」

ひょいひょいとリュックサックに荷物を詰めているうちに夕食の時間になった。日直に呼ばれ、慌てて食事塔に向かう。

入浴を終え、自習時間にもリデルは準備を続けた。

「自分の用意はこれで完了したでありますが……」

いつも背負っているリュックサックを見下ろし、ムムムと口を引き結ぶ。

「旅には予期せぬ事態がつきもの。二重三重のチェックが必要でありますな」

一度、中身を引っ張り出して全て指差し確認した。

「問題ないでありますな。いや……」

今回は自分の他に六人の仲間がいる。引率のペルデラも含めると六人と一匹だ。やはり全員のことを考えておいた方が良いだろう。

「そうであります。自分、いつも皆さんにご迷惑をおかけしているでありますから、こういうときに挽回せねばっ」

他に何が必要だろうかと頭を働かせる。

ハッと目を見開いた。

「傘であります！」

ピカトリクスは防除係のとき傘を差している。制服のときは持っていないけれど、それでも日差しには気をつけているようだ。明日、向かうのは離れ小島。きっと日差しが強いだろう。

「ピカ殿はもちろん、皆さんを日差しから守れるくらい大きな日傘があると役に立ちそうであります」

部屋を飛び出し、寮の中に何かないか探し回る。就寝前の点呼で他のペンタグラムに不審がられ、廊下で数回転ぶ羽目になった。あげく、使えそうなものは見つからず、部屋に戻る。

「考え方を変えるであります。肌を日差しから守るには……」

腕を組み、考える。

ハッと閃《ひらめ》いた。

「日焼け止めがあったであります！」

部屋の中から幾《いく》つか探し出す。それらを並べて「ふうむ」と唸《うな》った。

「ピカ殿のお肌に合うかどうか、本人にお聞きしないと分からないでありますな。とりあえず全て持っていって選んでもらうであります」

全部、リュックサックに詰める。

「メル殿は元気でありますから、きっとたくさん動くであります」

タオルを多めに持っていくことにした。水筒の数も増やす。

「海に入ることになるかもしれないでありますな。トリ殿の長くてきれいな髪を纏《まと》めておく髪留めがあると良さそうであります」

髪留めを数種類、中に入れた。

「小アル殿は包帯を巻いているでありますな。確か、あの包帯が小アル殿の武器になるであります。もし足りなくなったら小アル殿が困るであります。自分も予備の包帯を用意しておくであります」

包帯だけでなく救急箱も押し込んだ。

「アブラ殿は泳ぐのが好きだとお聞きしたことがあるであります。水着に着替えるのであれば、着替える場所を設営しなければならないであります」

すぐに思いついたのはロバが引くベージングマシーン（車輪付き移動脱衣小屋）だったけれど、さすがにそれは用意できない。あれこれ悩んだ結果、天幕を張れば良いのではと思い至った。

「これを使わせてもらうであります」

パッチワークの大きな布を広げる。カラドラがプレゼントしてくれたものだ。いつもは折りたたんでクッション代わりにしている。かなりの大きさなのでロープと組み合わせれば天幕を張れるだろう。

「カラドラ殿にも感謝であります」

リュックサックに詰め込んでいく。

その後もフィグレやペルデラのことを思い、あれこれと準備して一段落した。ふと、時計を確認する。

「大変であります！　とっくに就寝時刻を過ぎているであります」

慌てて灯《あか》りを消し、ベッドに潜り込む。

「おやすみなさいであります」

目を閉じる。

しかし、すぐに開いて身を起こした。

「……帽子も必要でありますな」

熱の精霊にランプを点《つ》けてもらい、皆の分を吟味《ぎんみ》する。

「これで、大丈夫であります」

灯りを消して再びベッドに入った。

「…………」

目を閉じてしばらく。むくりと起き上がる。

「潮風で髪が傷んでしまうかもしれないのであります。お手入れのためのクリームがどこかに……」

またごそごそと室内を探し回り、目当てのものをリュックサックに入れる。

そうして三度《みたび》、ベッドに収まった。

「…………」

すぐに体を起こす。

「トリ殿の髪留めは、あれで良かったでありましょうか？　もう少し大きめの方が髪をまとめやすいのでは」

またもごそごそ探って幾つか髪留めを追加した。

「これで、今度こそ、大丈夫であります」

ベッドに滑り込んで目を閉じる。

「……そういえば」

それからリデルは、延々と荷物の準備を繰り返した。

翌朝、九時。

「大変でありますうううううううっ……！」

リデルは全力疾走していた。

背中のリュックサックがゆさゆさ揺れる。いつにも増して大きく膨らんだそれを担いで走るリデルの目の下には隈《くま》ができていた。

「寝坊したでありますっ……。このままでは、遅刻するでありますっ……」

必死の思いで集合場所のアシュラム広場まで向かう。

前方から「おーい！」と元気な声がした。

顔を上げるとメルがピョンピョン跳ねながら手を振っている。

学園外での実習ということで、制服ではなく戦闘服姿だ。袖のない橙色《だいだいいろ》の羽織《はおり》とショートパンツが元気な彼女によく似合っている。ただ、いつもと何かが違う気もした。

「こっち、こっちー！　みんな、リデルちゃんが来たよ！」

「やっと来たか。時間ぎりぎりなんだぜ」

メルの肩に影猫ペルデラが乗った。

「遅くなって申し訳ないであります……！」

息が上がっていたが、最後の力を振り絞って走る。

「リデル、そんなに急がなくても――」

フィグレの声がしたと思ったとき、何かで足を滑らせた。

「あああああああああ……⁉」

前につんのめり、その勢いのまま転がる。

「またなの」

アブラメリンの声が聞こえた。

何かにぶつかって止まる。

「ごめんなさいであります……」

「あなたこそ大丈夫？」

アブラメリンがリュックサックを押し止《おとど》めていた。彼女も白と青を基調とした戦闘服姿で背中に剣を背負っている。アブラメリンはリュックサックを動かして上手に向きを変えてくれた。リデルはたはは……と頭を掻きつつ立ち上がる。

「リデル、隈ができてますよ。十分な睡眠が取れていないのではありませんか？」

すぐ側《そば》で深い青の髪が揺れた。腰に数本の試験管を差したフィグレが、リデルの頬についた砂を払いながら言う。

「平気であります。自分、頑丈でありますので」

「早く寝るように言っただろうが」

ペルデラがリュックサックの上に飛び乗った。

「面目ないであります……」

「そんなに責めないであげて欲しいのですわ」

優雅に日傘を差したピカトリクスがやって来る。ミントグリーンのドレスが華やかだ。

彼女はリデルのリュックサックに手を乗せる。

「こんな大荷物。ご自分だけの準備ではないのでしょう？」

「すっごいね！　いつも何かたくさん背負ってると思ってたけど、このリュック、こんなにいっぱい物が入るんだ！」

メルが目を丸くした。

フィグレが「ふむ」と頷く。

「私の推測ですと、一晩中、準備をしていたせいでほとんど睡眠時間が取れず、朝方、急激な眠気に襲われて寝過ごしたといったところですね」

「その通りであります……」

「まったく。しょうがない奴なんだぜ」

影猫はリデルの肩に乗り、皆を見回した。

少し離れたところにアルスノトリアと小アルベールの姿がある。銀髪に白い服を着ているアルスノトリアと黒髪にモノトーンの服装をした小アルベールが並んでいると対照的だ。アルスノトリアのピンクのマフラーがよく目立つ。

リデルがそんなことをぼんやり考えていると、ペルデラが声を上げた。

「これで全員揃ったな。それじゃ出発するぞ」

「おー！」

「了解であります！」

メルが元気良く腕を突き上げ、リデルもそれに続いた。

移動はあっという間だった。

ソローの許可によって転送されたリデルは、足下に土の感触を覚えて目を開ける。地面に大きな魔法陣が描かれていた。

「……ここが、実習地でありますか？」

周りに木々がまばらに生えた平地だ。小高い位置にあるらしく、首を巡らせると少し先に海を見下ろせた。波の音が聞こえる。

「良いお天気ですわね」

日傘を少し傾け、ピカトリクスが空を仰いだ。青空が広がっている。風は心地よく、潮の香りがした。アシュラムより気温が高いようで、立っているだけでじんわり汗ばんでくる。

「トリ！　海だよ！　海、見に行こう！」

「ふわわっ。メルちゃん……」

メルがアルスノトリアの手を取って走り出す。ペルデラが「うにゃー！　どこ行く気だ！」と呼び止めるけれど、二人とも坂道を下りていってしまった。

「おーい！　ちょっとだけだからなー！」

ペルデラが叫んだが、二人に聞こえたのか怪しい。ピカトリクスが胸を張って一歩前に出た。

「仕方ありませんわね。ここはクラス委員長《セレクト》の私《わたくし》が」

そう言って二人の後を追う。その後を無言で小《しょう》アルベールが追っていった。「やれやれ」と呟《つぶや》いてアブラメリンも四人に続く。

「……あいつら、まさか」

「ペル。これは行くしかありませんねっ」

フィグレがウキウキした様子で荷物を担ぎ直しながら言った。

「まったく……。仕方ない奴らなんだぜ。とりあえず、おいらたちも行くぞ」

「了解であります！」

敬礼をしてリデルも歩き出す。

坂道を下っていくと、すぐ浜辺に出た。探すまでもなく砂浜ではしゃいでいるメルの姿を見つける。その周りにアルスノトリアたちもいた。

「こらー！　おまえら！」

ペルデラが砂浜を駆ける。

「遊びに来たわけじゃ……にゃにゃっ？」

影猫《かげねこ》がぴょこぴょこ跳びはねた。

「熱っ。熱、熱っ」

「アハハハ！　砂が熱いから裸足《はだし》だと危ないよ」

メルが駆け寄ってきてペルデラを抱き上げた。彼女の頭に登り、ペルデラはふぅと息を吐く。

「おまえら、海が珍しいのは分かるけどな。実習だってこと忘れるなよ」

「海だー！」

大声でメルが羽織《はおり》を脱いだ。周りのペンタグラムが悲鳴を上げる。

「メルさん、何てはしたない！」

ピカトリクスが顔を真っ赤にして叫んだ。ところがメルは平気な顔で服を放り出す。

「水着、着てきたんだ！」

あっという間に水着姿になった彼女は自慢げに笑った。

「そういえば、いつもと服装が少し違うと思ってましたけど……」

唖然《あぜん》とした様子でピカトリクスが呟く。

「行くよ、ペル！」

水着姿になったメルは頭に乗っていたペルデラを抱きかかえ、海に向かって元気良く走り出した。

「いや待て待て待て、本当に待てって！」

「うわっ！　冷たい！　でも気持ち良い！」

バシャバシャと波を蹴飛ばして海に入っていく。ペルデラは「しょっぱ！」とメルの頭にまた登り上がった。

「おいらの話を聞けっての！　いいか。少し遊んだら、ちゃんと実習をやるんだぞっ」

「分かってるって、ペル！」

言い合う二人を呆れた様子で見ていたピカトリクスは「ふふっ」と笑った。

「ああなってしまったメルさんはしばらく止まりませんわ。それでは、私《わたくし》も少し寛《くつろ》がせていただきますわね」

「そうね。私も少し……」

アブラメリンが海をじっと見つめる。

「……着替え」

小アルベールが呟いた。三人が目を合わせる。

「あそこの岩場で」

「ダメですわ！　淑女たるもの、無闇に肌を晒《さら》すものではありません」

「ここ無人島でしょ。誰も見てない」

「そういう問題ではありませんわっ」

アブラメリンとピカトリクスが言い合いを始めた。リデルはここぞとばかりに手を挙げる。

「自分に任せて欲しいであります！」

リュックサックからパッチワークの布を引っ張り出す。

「こういうときのために、持ってきたであります！」

バッと広げた瞬間、強い風が吹いた。

「ああっ⁉」

布が風にさらわれる。

「おっと」

アブラメリンが跳躍し、空中で布の端を摑《つか》んだ。

「す、すごいであります！」

「大したことじゃない。それより、これを使って天幕を張れそうね」

「そうであります！　それから、これも」

日焼け止めを差し出すと、ピカトリクスが「あら」と目を輝かせる。

「私《わたくし》も持ってきましたけれど、これだけあれば皆さんにもちゃんと塗って差し上げられますわね」

「ふふ」と微笑《ほほえ》む彼女の目は、しかし笑っていなかった。

「……面倒」

「そう言うと思ってましたわ!」

逃げようとした小アルベールの首根っこを掴む。少し離れたところであわあわしているアルスノトリアにも手招きした。

「トリさんもこちらに。メルさんも呼びたいのですけれど、あの様子だと無理っぽいですわ。仕方ないですわね。ここにいる方々はちゃんと日焼け止めを塗って下さいませ」

「私はいい」

岩場にロープを結んで天幕を張りながらアブラメリンが言う。天幕張りを手伝っていたフィグレが首を振った。

「日焼けというのは軽度の火傷《やけど》です。皮膚組織を損傷するだけでなく、ひどくなると水ぶくれ等もできるので甘く見てはいけません。そもそも……」

「……分かった」

フィグレに説教され、アブラメリンが折れる。

ロープを結び終え、簡易の着替え場所ができた。

「ほら、リデルも」

フィグレに手招きされる。メルが脱ぎ捨てた服を拾っていたリデルは「自分もでありますか？」と目を見張る。

「せっかくの海ですよ。海に来て海に入らないなんて理に適《かな》いません！」

「フィグレさんのご高説はよく分かりましたから。リデルさんも急いで下さい」

「りょ、了解であります！」

砂を踏みしめ、リデルは天幕へと駆けた。


数分後。

「水がこっちに押し寄せては引いていくでありますっ。これが波でありますかっ」

「至書塔《ししょ》で海についての本を読んだこともあるけど……」

寄せては返す波を眺めるリデルの隣に並び、アブラメリンが興味深そうに海水へ足を踏み入れた。首を傾《かし》げる。

「……何だか、プールの水と違う」

「少しベタベタしますね」

フィグレが波打ち際に屈《かが》んでいた。指先で海水の感触を確かめる。

「わ、わたしもっ」

恐る恐るといった感じでアルスノトリアも海に入った。先に腰の辺りまで入っていたアブラメリンが振り返り、「足下に気をつけて」と言う。

「はいです。ふわっ？」

何かに足を取られたのか、水しぶきを上げてアルスノトリアが転ぶ。「トリ殿⁉」と
リデルは思わず海に駆け込んだ。しかし波に足を取られて自分も盛大に転ぶ。

派手な水しぶきを上げて海中に潜ったリデルは、慌てて身を起こした。すでにアルス
ノトリアは立ち上がっており、側《そば》に寄ったアブラメリンに「しょっぱいです」と困った
ように舌を出していた。

「トリー！　アブちゃーん！」

メルがばしゃばしゃと元気良く駆けてくる。

「これが海なんだね！　プールの大きい版かなって思ってたけど、何だか違う感じ。ほ
ら、こうやって浮かんでるだけでゆらゆらするんだよ」

目の前でメルは水に体を浮かせてみせた。

彼女の体がゆらゆらと波に乗って動いていく。

「おおおおっ？　波に流されるのでありますっ」

リデルは目を見開いた。

「アハハハ！　気持ち良いねー」

「ふわわ」

陽気なメルに対し、アルスノトリアは戸惑《とまど》っている。

「私は少し泳いでくる」

そう言うなり、綺麗なフォームでアブラメリンが海中に飛び込んだ。それからスイスイと水をかいて沖の方へと進んでいく。

「アブちゃん、すごいです」

「さすが、水泳が趣味なだけはあるよね」

アブラメリンを見送った後、リデルたち三人は腰くらいまでの深さのところで遊ぶことにした。互いに水を掛け合う。

「とりゃー！」

メルがいきなり抱きついてきて、リデルは顔から海に飛び込んでしまった。

少し濁《にご》った水中。足下に海藻が揺れている。

「メル殿、ビックリするでありますっ」

起き上がる。少し口に入った海の水はしょっぱかった。

「大丈夫、です？」

アルスノトリアが心配そうに前髪を弄《いじ》る。髪留めでアップにしている銀髪が一房《ひとふさ》、そわそわと揺れた。

「大丈夫でありますよっ。なかなか楽しいものでありますなっ」

「だよねー！」

メルがジャンプして全身で水しぶきを上げる。しぶきを浴びた銀髪の少女は「ふわわ」とよろけた。

「ピカちゃんは海、入らないのーっ」

砂浜の方を見たメルがピカトリクスに手を振る。彼女は敷物を敷いて座り、日傘を差して更に麦わら帽子《ぼうし》を被《かぶ》っていた。

「私《わたくし》は、ここでのんびりさせていただきますわ」

ピカトリクスが軽く手を振り返す。敷物の端に置かれたリデルたちの荷物にペルデラが寄りかかっていた。メルの相手をさせられたせいで、のびているようだ。

「分かった！　泳ぎたくなったら来てね！」

快活に返して、メルはアルスノトリアの手を取る。

「トリ、もう少し深いところまで行ってみようよ」

「ふわわっ……」

引っ張られ、恐る恐るといった様子でアルスノトリアはメルについていく。自分もついていこうとして、リデルはフィグレたちの姿が見当たらないことに気づいた。

「フィグレ殿と小《こ》アル殿はどちらに？」

見回すと、沖の方で泳いでいるアブラメリンを見つけた。クロールという泳ぎ方で彼女はずっと泳ぎ続けている。

「泳ぐのが趣味だとは聞いておりましたが、アブラ殿はすごいでありますな。自分、あんな沖まで泳げる自信がないであります」

呟きつつ、砂浜に戻る。波打ち際を歩いて二人の姿を探していると、徐々に石が多くなり、やがて岩場が広がった。そちらから話し声が聞こえてくる。

「フィグレ殿？　小アル殿？」

大きな岩を回り込んでみた。果たして、水着姿の二人がしゃがんで何か話している。

フィグレがこちらを振り向いた。

「リデル、何かありましたか？」

「お二人の姿が見当たらなかったので、気になったであります」

「ここで興味深いものを観察していたんです」

「……神秘」

二人が指差す先には、岩場の窪《くぼ》みがあり、そこに海水がたまっている。覗《のぞ》き込《こ》み、リデルは「わっ！」と身を引いた。

「ど、ドン引きであります……！」

そこには極彩色《ごくさいしき》のぬめっとした生物がいた。全体的に細長い楕円形《だえんけい》をしているその生物は周りにひだがついており、頭部らしき位置に二本の角が生えている。

「そうですか？　見慣れてくると可愛《かわい》いですよ」

フィグレは指でその生物をつついた。ぬめぬめと体を動かして前に進んでいく。

「フィグレ殿は、それが何なのかご存じなのでありますか……？」

「小アルベールによると、ウミウシというそうです」

「お姉ちゃんから聞いた」

ウミウシをつつき、小アルベールが淡々と言った。

「他にも……色んな色」

「別の個体もいるでありますかっ？」

「そう。個体によって違う。不思議」

「ははあ……。神秘でありますな」

「でも、これは理に適っていません！」

急にフィグレが声を上げた。

「こんなに鮮やかな色彩をしていたら、目立ってしまって外敵に狙われます」

「確かに目立つであります」

「逆転の発想」

小アルベールの呟きにフィグレがハッと目を見開く。

「あえて目立つ……。可愛いは正義ということですねっ」

「フィグレ殿？」

リデルには理解が及ばなかったが、すでにフィグレは思索に没入してしまっていた。

ウミウシを凝視したまま何事か呟き続ける。

「神秘」

小アルベールはいつの間にか岩と岩の狭い隙間に潜り込んでいた。

「小アル殿っ？　またしても、ドン引きでありますっ……」

「ヒトデ」

淡々と掲《かか》げた手には星形の生物が握られている。

「……神秘であります」

リデルはコクコクと頷《うなず》いた。

お二人とも楽しんでいるでありますな。自分も何か、面白そうなものを見つけたいであります。

あちこち見回しながら砂浜に戻る。

そこでは、アブラメリンがアルスノトリアに水泳を教えていた。

「そうそう。しっかり足を動かして」

「ぷはっ」

「ちゃんと手を持っているから、怖がらずに顔を水につけて」

アブラメリンと両手を繋《つな》ぎ、アルスノトリアが足をバタバタさせる。その側でメルが
「トリ、ファイトー！」と声援を送った。

「水練でありますか。自分も習得したいでありますっ」

リデルは彼女たちの下に駆け寄る。

それからしばらく、リデルは水の中で奮闘することになった。

楽しい時間だったものの、思ったように泳ぎを覚えることはできなかった。

「皆さーん！」

太陽が中天に達した頃。

ピカトリクスがリデルたちを呼んだ。

「そろそろお昼に致しましょう」

「さんせーい！」

メルが跳びはねて砂浜に駆けていく。岩場の方からフィグレと小アルベールも戻ってきた。リデルは皆にタオルを渡す。敷物の上には籐《とう》で編まれた籠《かご》が幾《いく》つか置かれていた。

ピクニックハンパーだ。

「購買部で買っておいたのですわ」

ピカトリクスが自慢げにハンパーを開ける。

中にはパンやハム、チーズ、キジ肉のパイ等が詰められていた。別のハンパーには食

器が一式収めてある。

「やったー！　ピカちゃん、ありがとう！」

「まあ、クラス委員長《セレクト》として、このくらいは当然ですわ」

ホホホと笑いながら紅茶の支度《したく》を始める。しかし、その手がハタと止まった。

「お湯を沸かさないといけませんわね。お水が……」

目の前には海。もちろん、海水を使えるわけがない。

「この島に水場ってあるの？」

メルが疑問を口にする。

「森があるから、川も探せば見つかるはず。でも、探していると時間がかかりそう」

アブラメリンが森を見ながら答えた。フィグレがポンと手を打つ。

「海水を煮沸《しゃふつ》すると塩が残りますよ」

「欲しいのは水の方なんだけど……」

「あ、そうでした。でも、塩も貴重です」

真顔で返され、アブラメリンは「じゃあ、塩が欲しいときはお願い」と若干、フィグレから目を逸《そ》らしつつ言った。

「お水でしたら、自分が！」

リデルはリュックサックに飛びつく。水筒を数本取り出した。

「喉が渇くと思ったので、多めに持ってきたであります」

「リデルさん、助かりますわ！」

水の入った水筒を受け取り、早速、ピカトリクスはケトルに水を注ぐ。ハンパーとは別に置いてあった調理道具の中から鍋を取り出した。蓋《ふた》を開けると熱の精霊が行儀良く座っている。

「温めるナリー」

「ナリー」

「こちらのケトルをお願い致しますわ」

ピカトリクスに頼まれ、精霊たちはケトルの下に集まった。

「温めるナリー」

ケトルに抱きついて赤く輝く精霊たち。ほどなくしてケトルの蓋がカタカタ揺れ出した。注ぎ口から湯気が立つ。

「いつ見ても、精霊はすごいのであります。ご自身の仕事に全速前進であります」

素直に感心するリデルの隣で、フィグレは眉根を寄せて熱の精霊たちを凝視している。心なしか精霊たちがより赤くなった。

「早くランチにしようよ」

「そうね。私もお腹が空いた」

メルの隣にアブラメリンが座った。

「んん……？」

敷物の上でのびていたペルデラが鼻をヒクヒクさせて体を起こす。

「おお！　昼食かっ」

「ペルもどうぞ」

「ペルはミルクの方が良いんじゃないの？」

「メル！　おいらは猫じゃねえ！」

わいわいと昼食が始まった。

「そういえば、岩場の先に洞窟を見つけました」

パンを千切りながらフィグレが口にした。

「どこでありますか？」

「私たちがいたところから更に先に行ったところです。今はまだ出入り口が海に沈んでいますけれど、潮が引けば歩いていけそうですね」

「……探検」

小アルベールが呟く。メルが目を輝かせた。

「探検！　楽しそう。ご飯食べたら行ってみようよ」

「メルさん、お忘れになってません？　私《わたくし》たちは実習に来ているのですわ」

「遊んではかりはいられない」

「えーっ。そうだけどー……」

メルがころんとひっくり返る。ちょうどアルスノトリアの膝に頭が乗った。

「いいんじゃねぇか。洞窟探検」

ハムを咥《くわ》えていたペルデラがニヤリと笑った。

「えっ？　いいの、ペル⁉」

メルが飛び起きる。アルスノトリアは「ふわっ」と悲鳴を上げた。

「いいぜぇ。その代わり、しっかり奥まで探検するんだぜ」

喜ぶメルを見てペルデラはにんまりしている。

「ペル殿、優しいであります」

リデルがほっこりしていると、隣で小アルベールが首を傾げた。

「……怪しい」

「何か怪しいことがあったでありますか？」

「洞窟……行けば分かる」

「大方の予想はつく」

紅茶を口にしながらアブラメリンが言った。

昼食後、リデルたちは探検装備を整えて海岸沿いの洞窟に向かった。

フィグレが話していた通り、潮が引いて洞窟までの道ができている。砂利に足を取られそうになりながら進み、出入り口まで辿り着いた。

「広いね！　あー！　あー！　声が反響するっ」

一番乗りしたメルが声を上げる。彼女の陽気な声が暗闇へ吸い込まれていった。

「ランプを用意しよう」

アブラメリンがランプを取り出し、中にいる熱の精霊へ囁《ささや》きかける。精霊が光を放ち、周りがほんのり明るくなった。

「自分も持ってきているでありますよ」

リデルもランプを掲げる。

「少し、肌寒いです」

アルスノトリアが小さく震えた。「ちょっと涼しいよね」とメルもこちらを向く。

「そんなときにはこれでありますー！」

リデルは上着を何着か引っ張り出した。ピカトリクスが呆れ顔になる。

「リデルさん。そのリュックサック、どうなってますの？」

「……異空間」

小アルベールも呟く。

「トリ殿、メル殿、どうぞであります」

「ありがと！」

「ありがとうです」

二人がいそいそと上着を羽織る。ペルデラが前足でピッと暗闇を指した。

「よし、おまえら。気をつけて進めよ」

「了解であります！」

「おーっ！」

リデルが敬礼し、それを真似してメルも敬礼した。

ランプを持ったアブラメリンが先頭に立ち、その後ろにメルが続く。リデルはランプを一番後ろのピカトリクスに渡し、アルスノトリアと並んで進んだ。

メルが歌を歌い出す。

聞いたことがあるようなないような、不思議な歌詞と曲調だった。

洞窟は緩やかな下り坂になっていて、しばらく進むと水の溜まったところに出る。端を迂回《うかい》するように進んだので濡れることはなかったけれど、ピカトリクスが暗い水面《みなも》を眺めながら言った。

「薄気味悪いですわね……。何か棲《す》んでいそうですわ」

「……半魚人の巣窟《そうくつ》」

「ななな何を仰《おつしや》いますの、小アルさんっ」

ビクッとピカトリクスが震える。

「高低差のせいで潮が引いても水が残っている。ということは……」

先頭を歩くアブラメリンが呟いた。その後をフィグレが続ける。

「潮が満ちたらこの辺りは水没しそうですね。それまでに戻らないと帰れなくなるかもしれません」

「泳げばいいんじゃない？」

メルがクロールの真似をする。しかしアブラメリンは首を振った。

「ここは天井が低い。触ってみたら湿っていた。出入り口近くからここまで真っ暗な中を潜水で進むのは無謀よ」

話しているうちに、上り坂になった。一歩一歩、足を滑らせないよう気をつけて進む。上りきって平坦な道になったと思ったとき、前方にいたメルが「わっ！」と叫んだ。

「メルちゃん、どうしたです……？」

首を竦《すく》ませてアルスノトリアが尋ねる。メルがこちらまで戻ってきた。

「トリ、すごいよ！　きれいだよ！」

「えっ……えっ……？　メルちゃん……」

「早く早くっ」

　あわあわしながらアルスノトリアはメルに引っ張られていく。彼女の長い銀髪がランプの灯《あか》りにさらりと光った。

「みんな、こっち」

　アブラメリンがランプを高く掲げる。小アルベール、ペルデラ、フィグレ、リデル、そしてピカトリクスの順で彼女の下まで辿り着いた。

「おお！　すごいであります！」

　リデルは思わず声を上げる。

　周りの皆もそれぞれ感嘆の声を上げたり、ため息を吐《つ》いたりした。

　暗い洞窟の中に、星空が広がっている。

　そんな錯覚を抱かせる光景だった。

　洞窟の天井が、壁が、床が、ランプの灯りを反射して色とりどりに輝いている。

「これって……」

　フィグレが壁に手を伸ばした。指で触れて小さく頷く。

「やはり鉱石です。これはきっと……」

「そいつは水晶だな」

　ペルデラが軽快に走り、鉱石の一つに上ってリデルたちを見下ろした。

「にゃっはっはっは！　おまえら、まんまと引っ掛かったな。この洞窟が実習地なんだぜ。自分たちでここまで来るとは、やる気があってよろしい！」

してやったりといった影猫の表情にリデルはペチンと自分の額を打った。

「そういうことでありましたかっ。さすがペル殿。自分、まんまと踊らされたでありま
す……」

「サプライズってやつだね！」

メルは陽気に笑う。

「まあ、おいらの頭脳をもってすれば、おまえらを操るなんて猫の手を捻《ひね》るより簡単だ
ってことだな！」

ふふんと鼻高々なペルデラに小アルベールが言った。

「ペル。そこ、危険」

彼女はすでに鉱石採集用の道具を手にしている。「にゃにっ？」とペルデラが目を丸
くした。

「小アルベール、驚いてないのか⁉」

「気づいてた」

「にゃっ⁉　いつ気づいたんだ！　おいらの演技は完璧だったんだぜ」

「洞窟探検。ペルが賛成……怪しい」

「小アルの言う通り。実習に関係ないのなら、危険だから止めたはずだもの」

アブラメリンもすでに準備を整えていた。道具を手に辺りをランプで照らしている。

「おまえらっ。おいらを騙したなっ」

「わ、私《わたくし》も気づいてましたわよっ。ええ、もちろん！」

ピカトリクスがホホホと笑う。

「さあ、ペル。そこは危ないので、降りて下さいませ」

ピカトリクスが影猫を抱きかかえて地面に降ろす。

「ピカちゃんも小アルちゃんもアブちゃんもすごいですっ。わたし、気づいてなかったです」

アルスノトリアが尊敬の眼差しで三人を見つめる。しかしピカトリクスはホホホと笑いながら彼女から目を逸らした。

「はい、こちらに。さあ、皆さん。実習を始めますわよ」

誤魔化すようにパンパンと手を叩く。その音が洞窟内に反響した。

「よく響くねーっ」

メルは楽しそうだ。

リデルは左右を見回し、フィグレに話しかけた。

「フィグレ殿っ。自分、展開についていけていないのであります……」

「展開って？」

「自分たちはいつの間にか実習の場所まで移動していて、そのことを皆さん、承知の上であったということで……」

「そのようですね」

「もしや、フィグレ殿もお気づきでありましたかっ？」

「いいえ、全く」

フィグレはあっさり否定した。

「でも、そんなことより見て下さい。辺り一面、鉱石だらけですよ。採集し放題じゃないですかっ。さあ、リデルも！」

キラキラと瞳を輝かせる彼女に採集用の道具を手渡される。

「りょ、了解であります！」

ともあれ、鉱石採集の実習が始まった。

リデルはフィグレと一緒に歩く。

「私たちはこの辺りで採集しましょう」

「どんどん採集していくでありますよ！」

リデルは採掘道具を構える。

「剝《む》き出《だ》しになっているものも少なくないですから、それらを狙いましょう」

フィグレが鉱石を興味深そうに見つめる。

「これを採集するでありますか？」

リデルは鉱石を金槌《かなづち》で叩く。キンと硬い音が響いた。

「なかなか難しいでありますな」

周りからも、キン……キン……と採掘する音が聞こえてきた。

「ふわっ」

小さな悲鳴に振り向くと、アルスノトリアが採掘道具を手にあわあわしている。

「トリ、道具をしっかり持って。反動に負けないように」

「はいです、アブちゃん」

隣にいるアブラメリンに頷き、真剣な顔で採掘する銀髪の少女。

トリ殿はいつも一生懸命でありますな。

リデルも気合いを入れ直し、大きく金槌を振るう。

「自分も頑張るであります！」

「リデル、そんなに強引に叩いたら……」

鉱石がひび割れ、崩れた石がリデルに向かって転げ落ちてきた。

「おわあっ⁉」

リデルは慌てて避けようとして尻餅《しりもち》をつく。

「だから言ったんです。正しい位置を叩いて、ペンチで挟んで確実に取らないと変な部分が崩れて危険ですよ。魔法鉱物学でも鉱石の特徴として割れやすい方向と割れにくい方向があると教わったでしょう」

　フィグレが手を取り、引っ張り起こしてくれる。

「面目ないであります」

「よく観察して採集すれば大丈夫ですから」

「了解であります！」

　今の失敗を活かして、採集に戻る。

　なかなか上手くはいかないものの、着実に採掘は進み、鉱石が集まっていった。

「順調なようですわね」

　ピカトリクスがドレスについた汚れを払いながら言う。

「……足りない」

　彼女の隣で小アルベールが呟いた。鼻歌を歌いながら、せっせと採掘した鉱石を袋に詰めていたメルが振り返る。

「小アルちゃん、どうしたの？」

「これ」

　小アルベールが見せてきたのはソローから渡された鉱石リストだった。

「あら……。ちょっと皆さん、よろしいですか？」

ピカトリクスが皆を呼ぶ。

洞窟のあちらこちらに散らばっていたペンタグラムが集まってきた。

「何かあった？」

尋ねるアブラメリンに鉱石リストを見せる。

「どなたかイアスピスを採掘した方、いらっしゃいます？」

「……私とトリは見てない」

アブラメリンの隣でアルスノトリアもコクコクと頷いた。

「私も見てませんね」

フィグレが返答する。リデルはそもそも自分が何の鉱石を採掘したのか覚えていないことに気づいた。

「採掘に夢中で鉱石の種類を見ていなかったであります……」

「あたしも！」

メルが元気に手を挙げる。

ピカトリクスがハァとため息を吐いた。

「メルさんは私《わたくし》たちと一緒でしたからイアスピスを採掘してはいませんわ。リデルさんもフィグレさんとずっと一緒だったのでしょう？」

「その通りであります！　あ！　なるほど」

一緒だったフィグレが見ていないのだから、自分もイアスピスを採掘しているはずがない。とても分かりやすいことだった。

「なるほど。ピカ殿、名推理でありますな」

「名推理というほどのことでもありませんけれど、そんなことより」

採掘で乱れた金髪を軽く撫でつけ、ピカトリクスが続ける。

「他の鉱石は十分な量が採掘できていますわ。あとはイアスピスだけですので、そちらを重点的に探した方が良いのではなくて？」

「十分とはいえ、なるべく多く採集しておくに越したことはない。採掘班と探索班の二手に分かれた方が効率的よ」

アブラメリンが意見を出した。

「そうですわね。そのご意見、採用して差し上げますわ」

「何でピカが仕切ってるの？」

「私《わたくし》、クラス委員長《セレクト》として皆さんをまとめる立場ですもの」

「だから、クラス委員長《セレクト》はまだ決まっていない」

「だとしても、この場でリーダーに相応《ふさわ》しいのは私《わたくし》しかおりませんわっ」

「髪が乱れることや服が汚れることばかり気にしていたのに？」

「リーダーには見た目の美しさも重要ですのっ」

FBN vol.188　2022年7月29日
発行：株式会社KADOKAWA
〒102-8177　東京都千代田区富士見2-13-3
企画・編集：ファミ通文庫編集部
https://famitsubunko.jp/

努力家少女の
DIY異世界奮闘ファンタジー、
堂々完結！
B6判
家つくりスキルで異世界を生き延びる5
著：小鳥屋エム　イラスト：文倉十
当面の旅の目的を「魔女様の足跡を辿ること」に決めたクリス一行。噂をたどって訪れたのは古代文明の遺跡が迷宮として残る遺跡都市アサル。そこで彼女たちは「転生の秘密」を探るニホン組の冒険者たちと遭遇し――。

『咲う アルスノトリア すんっ！』
完全書き下ろしノベライズが登場！
咲う アルスノトリア すんっ！
孤島の魔法鉱物学実習
原案：「咲う アルスノトリア」より(NITRO PLUS/GOOD SMILE COMPANY)
著者：櫂末高彰
カバーイラスト：ライデンフィルム
口絵・本文イラスト：桧野ひなこ
©Smile of the Arsnotoria the Animation Partners
ペンタグラムのリデルは健気で努力家なムードメーカー。だが実は自分のポンコツぶりに悩んでいた。そんなある日、リデルはアルスノトリアたちと一緒に孤島での鉱物採集実習を言い渡されて――。

FBN
FAMITSU BUNKO NEWS
2022.7
VOL.188
『咲う アルスノトリア すんっ！』
完全書き下ろしノベライズが登場！
咲う アルスノトリア すんっ！
孤島の魔法鉱物学実習
原案：「咲う アルスノトリア」より（NITRO PLUS/GOOD SMILE COMPANY）
著者：櫂末　高彰
© Smile of the Arsnotoria the Animation Partne
今すぐチェック！
FBファミ通文庫

「それぱかり気にされても困る」

ぐぬぬぬぬぬ……と二人が張り合う。

「はいはい。そこまで」

メルが間に入って二人を宥《なだ》める。

「それじゃ、二手に分かれよっか。探索したい人！」

はい！　と自ら手を挙げるメル。チラッとピカトリクスとアブラメリンが目を合わせ、アブラメリンが手を挙げる。

「自分も行くであります！」

リデルは探索班に志願した。

「じゃ、この三人で」

そう言ったメルの袖を小アルベールが引いた。

「……不安」

「えっ？　小アルちゃん何で？」

「確かに、メルさんをこの洞窟内に解き放つのは不安ですわ……」

「メル、私たちと離れずに行動できる？」

ピカトリクスとアブラメリンにも不安視され、メルは「えーっ」と声を上げる。

「大丈夫だよ！　いざとなったら大声で呼べばいいじゃん」

「はぐれること前提で仰らないでください」

「知らない場所で一人になるのは避けた方がいい。誰かメルの代わりに」

「ピカちゃん、アブちゃん、ひどーい！」

むくれるメルに、アルスノトリアが何か言いたそうに寄り添う。

「トリー。みんなが信用してくれないよー」

メルに抱きつかれ、アルスノトリアはあわあわと眉を八の字にした。

「合理的な判断です。探索は活発に動くより慎重に行動できる人の方が向いています。小アルベールは……気づいたら狭いところに入り込んでいそうですから、ここはアルスノトリアが適任です！」

フィグレが自信満々に提案した。

「わたし……」

アルスノトリアが呟く。銀髪が一房、不安そうに揺れた。

「トリ、大丈夫？　無理しなくていいからね」

メルが彼女の手を握る。アルスノトリアは俯《うつむ》いたけれど、すぐに顔を上げた。

「やってみる、です」

「決まりね。私とトリとリデルでイアスピスを探す。他の皆はここで採掘を続けて」

「おい、おまえら」

ぴょんと影猫がピカトリクスの肩に乗った。

「また潮が満ちてきてるぞ。あまり時間がないんだぜ」

「それなら急いだ方がいい」

アブラメリンが洞窟の奥に目をやる。

ペルデラが皆を見回して言った。

「探索班はアブラメリンがいるから大丈夫だとは思うが、何かあったらすぐに助けを呼ぶんだぜ。おいらは出入り口までの道を見張って、沈む前におまえらを呼ぶからな」

「了解であります！」

リデルが敬礼し、実習が再開された。


「もっと奥まで行かないといけない」

ランプを手に、アブラメリンが先頭を進む。

「どうしてでありますか？」

リデルが尋ねると、アブラメリンは前を向いたまま答えた。

「さっきの場所は皆で一通り確認してる。それでイアスピスが見つからなかったんだから、別の場所を調べないと」

「なるほど。アブラ殿は鋭いでありますな」

「その呼び方……まあ、今はいい」

皆のいる場所から更に奥へと進んでしばらく。別の鉱脈に行き当たった。

「おお！　ここもきれいでありますなっ」

「ふわぁっ」

リデルとアルスノトリアは感嘆の声を上げる。

暗闇に瞬《またた》く鉱石の輝き。

こちらは床が多く光っているので自分たちが宙に浮いているようにも感じる。

「足下、気をつけて」

アブラメリンがゆっくり進んでいく。三人で左右に目を凝《こ》らし、イアスピスを探した。

リデルはほんの小さな鉱石の欠片《かけら》も逃さないよう注意する。しかし、目当ての鉱石はなかなか見つからなかった。

「アブちゃん、これは？」

「……違う。それは翡翠《ひすい》よ」

「違ったです……」

上手くイアスピスを見つけられず、アルスノトリアが眉を八の字にする。

「間違えやすいので仕方ないでありますよ。自分なんか石英と水晶を間違えたことがあるであります」

リデルがそう言うと、アブラメリンがこちらを一瞥《いちべつ》した。

「それは間違え過ぎ」

「も、申し訳ないであります……！」

軽く自分の頬を叩いて気合いを入れ直す。

服の裾をちょっと引っ張られた。

目をやると、アルスノトリアがもじもじしながら「励《はげ》ましてくれて、ありがとうです」と小声で言う。

「いえいえ。ともに頑張るであります」

頷き合い、鉱石に目を凝らした。

しかし、三人がかりで探してもイアスピスは見つからなかった。

気になったところを幾つか採掘してみたけれど、全て不発に終わる。

「ここも見込みがなさそう」

アブラメリンがそう結論づけたとき、来た道の方からメルの声がした。

「おーい！　そろそろ引き返さないと戻れなくなるって！」

「もう、そんな時間……」

悔しそうにアブラメリンが呟いた。

「すぐ戻る！　先に行ってて！」

そう返事をすると、メルも「分かった！」と返した。走り去る足音が聞こえる。

「仕方ない。戻ろう」

「イアスピス、見つけたかったです……」

「またここに来るチャンスはあるであります。次、来たときは見つけるでありますよ、トリ殿」

「はいです」

リデルは踵《きびす》を返し、リュックサックを背負い直した。

そのとき、視界の隅に何か光る物が見えた。

今のは……。

アブラメリンが持つランプの光に反射した赤い輝き。

ルビーのような透明感のある光り方ではなかった。もっと落ち着いた輝き。

(もしや、イアスピスでありますかっ?)

そう思ったときには体が動いていた。

「足下に気をつけて」

先に進んでいたアブラメリンの声がする。

揺れる銀髪が目の端に留まった。

リデルは床にポツポツと光を反射する赤い輝きに近づく。

「少し急いだ方がいい」

アブラメリンの声。

「リデルちゃん……？」

アルスノトリアの声も聞こえた気がした。

次の瞬間、リデルの足下が崩れ――

「あああああああ……!?」

リデルは崩れた床とともに落下する。

「しまったでありますうううう……う？」

かと思えば、ガクンと止まった。

「た、助かったでありますか？」

周囲を見回す。しかしランプを持っていないのでほとんど何も見えなかった。どうやら宙づりになっている。リュックサックの背負い紐がずれて腕が抜けそうだ。急いで脇を締め、頭上を見上げた。

(床が薄かったのでありますな。穴が空いて……リュックサックが引っ掛かったようであります)

お陰で下まで落ちずに済んだ。しかし、これからどうすればいいのだろう。

「だ、誰かー！　助けて欲しいであります！」

上に向かって呼びかける。

意外にもすぐに返事があった。

「リデルちゃん。大丈夫ですかっ?」

アルスノトリアの声だ。「何とか引っ掛かっているであります」と返事をする。姿は見えないが、慌てている彼女の様子が伝わってくるようだった。

「アブちゃん、こっちです……!」

焦りの混じった声。やがてアブラメリンの声がした。

「リデル、生きてる?」

「生きてるであります……」

「今から引っ張り上げるから、リュックサックにしっかり掴まっていて」

「了解であります!」

グッと背負い紐を握る。「せーの!」というかけ声が頭上で聞こえた。

ズズッと擦れる音がして体が少し上に引き上げられる。

「お……おおおおおっ」

「せーの!」

「おおおおお……!」

小さな砂粒が落ちる。リデルの頭が穴の上に出た。

「手を！」

隙間からアブラメリンが腕を差し込む。それに掴まると、一気に引き上げられた。

洞窟の床に転がり、リデルは大きく息を吐く。

「助かったであります。お二人とも、感謝であります」

「リデルちゃん、良かったです」

心の底から安堵《あんど》した表情のアルスノトリアは、肩で息をしていた。華奢《きやしや》な体で、一生懸命引っ張り上げてくれたのだろう。

「どこか怪我《けが》してない？」

傍《かたわ》らにアブラメリンが膝を突いてリデルの体を確認する。「自分、頑丈ですので」と返したが、彼女は険しい表情を崩さなかった。

「自分で歩ける？」

「もちろんであります。ご迷惑をおかけ致しました！」

立ち上がり、足踏みをして問題がないことをアピールする。

「ひどい怪我はしてないようね。急いで。潮が満ちたら出口が塞《ふさ》がる」

「そうであります！」

「急ぐですっ」

三人は走って洞窟の出入り口を目指した。

第五章

「遅かった……」

「あうう……」

通路の途中で三人は立ち止まった。

目の前には池。潮が満ちたことで道が水没している。

「泳いでいくことは、できないですか？」

アルスノトリアがアブラメリンに尋ねた。しかし彼女は首を振る。

「潜水してかなりの距離を泳がないといけない。それに水中ではランプが使えないから方向を見失ったらオシマイよ」

「お二人とも、申し訳ないであります！」

リデルは二人に謝った。

「きっと大丈夫です」

「また潮が引けば外に出られる。それまで我慢していればいいだけよ」

お二人とも優しいであります……。

ペチンと両頰を打ち、リデルは気持ちを切り替える。

「では、潮が引くまでの間、トリ殿とアブラ殿のために自分、頑張るでありますよ！」

リュックサックから水筒やタオル、毛布に救急箱も取り出した。

「できるだけ準備してきたので、どんどん使って欲しいであります」

「あなたのリュックサックって、どうなってるの……？」

「リデルちゃんのバッグ、何でも入っているです」

「いやいや、何でもは入ってないであります」

「ひとまず休憩しよう。ピカたちに連絡する方法があればいいけど……」

「みんな、心配してると思うです……」

二人が腰を下ろす。リデルも座ってリュックサックを漁ったけれど、外と連絡が取れそうなものは何もなかった。

「ところで、さっきリデルが落ちかけた穴だけど」

アブラメリンが尋ねる。

「地面が崩れかけていたの？」

「あまり良く分からないでありますが……」

リデルはあのときの状況を思い返してみた。赤い輝きに惹《ひ》かれて近づき、次の瞬間には床が崩れて落下した。

「ひび割れがあったかどうかまでは見てないであります」

「そう……。下は、見えた？」

「見えなかったであります。ただ、足は全く届かなかったので、ひょっとしたらかなりの深さがあったのかもしれないであります」

自分で言って怖くなった。アルスノトリアが小さく震えている。

「リデルちゃん……落ちなくて本当に良かったです」

「この大きなリュックサックのお陰であります。自分、ポンコツですのでよくあちこちに引っかけるのでありますが、今回はそのお陰で助かったでありますよ」

「……そのリュックの重さで地面が崩れた可能性もあるけど」

「そ、それはっ」

確かにアブラメリンの言う通りかもしれない。

「どうしていつも、そんな大きな荷物を担いでいるの？」

「そうでありますな……」

リュックサックを見つめる。

「自分にも、よく分からないであります。ただ……」

この中に詰め込んでいるもののことを思いながら言った。

「ポンコツな自分でも、誰かのお手伝いができないものかと思っているであります。いざというとき、助けになれるよう考えられる限りの準備をしている。これは、そういうもののような気がするでありますよ」

頭を掻《か》きつつ、たはは……と笑う。

「大抵、上手くいかないものでありますが……」

「そう」

「リデルちゃん、すごいと思うですっ」

アブラメリンは簡潔に、アルスノトリアは感じ入ったという様子で返した。

それからしばらく、思い思いに休んだ。

今、何時くらいでありましょうか。日が沈む前に野営の準備をしておかねばならないでありますが……。

ぼんやりそんなことを考えていたリデルの側《そば》にアルスノトリアがやって来た。

彼女は鼻をひくひくさせている。

大きく息を吸った。

「すんすん。アブちゃん、リデルちゃん。風の匂いがするです」

「えっ？」

寝転がっていたアブラメリンが身を起こす。

「……まだ潮は引いてない。風を感じるはずがないのだけど」

「トリ殿、どちらから感じられるのか分かるでありますか？」

「えっと……すんすん」

スンスン匂いを嗅《か》ぐアルスノトリア。

彼女が指し示したのは奥へと続く道だった。

「さっき自分が落ちた穴のある方でありますか……」

「穴……。もしかして」

アブラメリンが立ち上がる。

「確認してみよう。トリは鼻が良いから、きっと何かある」

「了解であります！」

リデルも飛び起き、リュックサックを担いだ。

三人はリデルが落ちかけた穴まで戻る。

「トリ、どう？」

穴の中にランプをかざし、アブラメリンはアルスノトリアに聞いた。しばらく穴を覗《のぞ》き込《こ》んでいた銀髪の少女は、しかし、申し訳なさそうに首を振る。

「ここからじゃないです……」

「そう……。下は、何か見えた？」

「何も見えなかったです。すごく深いみたいです」

「アハハ……。本当に落ちなくて良かったであります」

今更ながら怖くなってきた。

「あ、でも……」

アルスノトリアが立ち上がり、鼻をひくひくさせる。

「すんすん。やっぱり、風の匂いがするです」

「待って、トリ。私が先頭に立つ」

アブラメリンがランプを手に彼女の前に立った。アルスノトリアが指し示す方向に慎重に進んでいく。リデルも二人の後に続いた。

「この洞窟、まだ先がある」

二人ほど並んで歩けるくらいの、そこそこ広い道が奥へ奥へと続く。アルスノトリアは進むごとに確信を得ているらしく、徐々に歩く速度が上がった。彼女に導かれるアブラメリンも歩みに迷いが無くなる。

前方に小さな光が見えた。

「あ！　アブちゃん、リデルちゃん」

「光が見えるであります！　もしかして……」

「ええ。間違いないわ」

アブラメリンが口元に笑みを浮かべて言った。

「外の光よ」

三人は小走りに洞窟を進み、ついに外へ出た。

「わあっ!」

外に出た途端、アルスノトリアが声を上げる。

リデルも目を見張った。無数の木々が周りに林立している。

「森の中みたいね」

アブラメリンが一度、通ってきた洞窟を振り向いた。リデルもそちらを見る。崖のふもとに大きな穴が空いていて、周囲は苔《こけ》に覆われていた。

「自然にできたものじゃない」

アブラメリンが穴の周囲を見ながら呟《つぶや》く。

「もしかして精霊たちが掘った?」

一人、思案顔になる彼女にリデルは尋ねた。

「では、こちらが本来の出入り口でありますか?」

「かもしれない」

こちらを振り向くことなく答え、アブラメリンは首を捻《ひね》る。

「ペルはこのことを知ってたの?」

「どうでありましょうなぁ」

彼女の呟きに合いの手を入れていると、アルスノトリアに服の裾を引かれた。

「アブちゃん、リデルちゃん……。何だか嫌な匂いがするです……」

「嫌な匂い？」

尋ねられ、アルスノトリアは眉を八の字にした。「あうう」と前髪を弄《いじ》る。

「理由は分からないってことね。でも、トリの直感は蔑《ないがし》ろにできない。急いで森を出よう」

「了解であります。では、警戒態勢を取りつつ進軍開始であります」

アブラメリンを先頭にして三人は森を足早に移動した。


「トリさん！　アブラさん！　リデルさん！」

森を抜け、初めに着いた平地に辿り着くと、ピカトリクスがリデルたちに一番に気づいた。彼女は目を見開く。

「どうやって洞窟から出てきましたのっ？　潮が引くまでまだ時間がかかると聞いてましたのに。いえ、とにかく無事で良かったですわっ。お怪我《けが》はありません？」

急いでこちらに駆け寄ってくる。

そわそわと三人を、特にアルスノトリアを見回した。

「ピカちゃん、心配かけましたです」

「本当に良かったですわっ」

喜びの声を上げるピカトリクスに続き、皆も驚きの声とともに集まってきた。

「みんな無事で良かったよ!」

「……僥倖《ぎょうこう》」

メルがアルスノトリアに抱きつく。

ペルデラが首を傾《かし》げた。

「何でおまえら、森の方から来たんだ?」

「あの洞窟、反対側にも出入り口があった。ペル、知ってたんじゃない?」

アブラメリンが影猫《かげねこ》を睨《にら》む。「にゃっ?」とペルデラは身を引いた。

「い、いやー……。そうそう。そうだったんだぜ。だからいつでも助けにいけるけど、
ここはあえておまえらの危機管理能力を試してみたというか……」

「知らなかったんですわね、この影猫!」

「調査不足」

ピカトリクスと小《しょう》アルベールに迫られる。

ペルデラはわたわたと言い返した。

「いつもここまで調達に来てる精霊が休暇中だったんだから仕方ねぇだろ! 今回の実

習は急に決まったことだし、安全を確認できとけば問題ないって判断だ！」

「本当に安全を確認できているの？」

アブラメリンが鋭く問《と》い糾《ただ》す。ペルデラはとんがり帽子《ぼうし》をクイッと上げた。

「そりゃ、どういう意味だ？」

「嫌な匂いがするって、トリが森で言っていた。何かいるんじゃない？」

「嫌な匂いだと？　ふむ……気になるな。とりあえず……」

影猫は前足を組んで言った。

「森の中には野生動物がいるんだぜ。《不可視《ふかし》の印《いん》》を身につけてても、動物には勘づかれやすい。外敵と思われて襲われないよう、気をつけろよ」

「それについては気をつけてますけれど、野生動物だけですの？」

ピカトリクスが訝《いぶか》しげに森の方を見る。

「水汲みとか、必要なとき以外はあまり近づかない方がいいかもな」

ペルデラも気掛かりな様子で森を見上げた。

「まあ、みんな無事だったんだから良かったよね。ほら、あっちで休もう」

メルがアルスノトリアを引っ張っていく。

「皆さん、お帰りなさい」

その先にはテントが張られていた。他にも竈《かまど》やテーブルが設《しつら》えられている。簡素な調理スペースに立っていたフィグレがリデルたちに挨拶をした。

「いやはや、自分のせいでトリ殿とアブラ殿にご迷惑をおかけしたであります」

「森はどんな様子でした？　珍しい植物とかありました？」

「そこまで見ている暇はなかったであります……」

「そうですか。仕方ないですね」

「フィグレ殿は何をしているでありますか？」

「もちろん、夕食作りです」

フィグレの目がキラリと光る。

「お三方が戻ってくる前に、テントの設営は済ませたのですわ。日も暮れてきましたし、次は夕食ですわね」

ピカトリクスがテーブルの上に置いてあったランプに明かりを灯《とも》した。

柔らかな光が広がる。それで辺りが思った以上に薄暗くなっていたことに気づいた。首を巡らせると、水平線に沈む夕日が見える。

「夕日、きれいです」

アルスノトリアが呟《つぶや》いた。

風が吹き、彼女の銀髪がさらさらと輝く。

「トリ、見て！　さっき釣ったんだ」

メルが大きな魚を掲《かか》げた。

「今夜のメインディッシュ！」

「すごくおっきいです。何てお魚です？」

「何だったっけ？　ピカちゃんに聞いたんだけど」

「鱈《たら》ですわ」

「そう、それ！」

「この時期に鱈でありますか？　旬ではないような……」

首を傾げたリデルに、ピカトリクスが「あら」と人差し指を立てた。

「夏の鱈の方が身をしっかり味わえるんですわよ」

「何と⁉　自分、不勉強でありましたっ……」

「まあ、私《わたくし》も至書《ししょ》塔の本で知っただけですけど。だからこそ、実際に食べてみたいのですわ」

「うんうん。それと、これもあるよ！」

ぶらんとメルが尻尾を摑《つか》んで何かを持ち上げる。それはトカゲのような生物だった。

「糸巻《いとまき》トカゲ！」

「きゃっ……」

アルスノトリアが目を瞬《しばたた》かせる。

「川に水汲みに行ったとき小《こ》アルちゃんが捕まえたんだ」

「……美味《びみ》」

小アルベールが無表情のまま親指を立てた。

「それ、本当に食べるんですの……？」

ピカトリクスがエプロンをつけながらぼやく。

「何だか、豪快でありますな」

リデルは頷《うなず》き、フィグレに声を掛けた。彼女はさっきからずっと野菜をみじん切りにし続けている。

「フィグレ殿は何を作っているのでありますか？」

「ターニップ・ピュレのスープです」

「お洒落《しゃれ》な名前のスープでありますな」

「泊まりがけの実習ですから、普段あまり作らない料理をと思いまして。料理の本を色々読んで作れそうなものを選んでみました」

「なるほど。何か手伝えることはないでありますか？」

「そうですね。では、そちらのタマネギをみじん切りにして下さい」

手を止めずに彼女が答えた。「了解であります！」とリデルは勇んでたまねぎを手に取る。茶色の皮が重なったそれをふむと見つめた。

これは、まず皮を剝《む》いた方が良さそうでありますな。

茶色の薄い皮を一枚、慎重に捲《めく》る。

ペリッと簡単に剝《は》がれたものの、その下にも同じような皮がついていた。

皮の下にも皮がっ。なかなか手強《てごわ》いでありますっ。

リデルは下の皮も剝く。ところがその下にも皮があった。

（ど、どうなっているでありますかっ……？　これは何らかの罠……）

狼狽《うろた》える彼女に気づいたのか、フィグレが訝しげに眉を顰《ひそ》める。

「リデル、皮を剝きすぎです。あと、根元と先端は包丁で落として」

「了解であります！」

「敬礼しなくていいですからっ。ほら、タマネギを落とさないようにっ」

まな板の上を転がるタマネギを慌てて押さえ、リデルはたははは……と笑う。

「つい癖で……。自分、ポンコツであります」

その後もフィグレに指示されながらタマネギを切っていったけれど、途中で涙が止まらなくなり、それでも大丈夫だからと切り続けていたら心配したアルスノトリアにハンカチを差し出されてしまった。

フィグレは手際良く大きな鍋を竈に設置し、熱の精霊たちに温めてもらってバターを溶かしていく。それからみじん切りにした野菜を入れて、焦げつかないようへらでゆっくり混ぜながら加熱した。

「フィグレ殿は料理が上手でありますな」

感心するリデルに、何でもないことのように答える。

「料理は化学です。適切な化学反応を引き起こすことで旨味成分を高め、栄養の消化吸収も良くなるんです。長年の研究の成果がレシピとして伝わっているんですから、その通りに作れば失敗しようがないんですよ」

野菜が十分、柔らかくなったことを確認すると、別の鍋からチキンのスープストックを加えた。ローリエの葉を二枚、タイムの枝を一本入れる。

「一度、沸騰《ふっとう》させます。精霊さん、お願いします」

竈に寄り集まっている熱の精霊が「温めるナリー」と赤く光った。

じきにグラグラとスープが沸騰しだす。

それを見ながら軽く混ぜ、フィグレは「うん」と頷いた。

「あとは弱火で四十分ほどですね」

熱の精霊たちが「ナリー」と気合いを抜く。蓋《ふた》をして「さて」と彼女は他の面々を振り返った。

鱈はすでにピカトリクスが調理を進めている。今、彼女は牡蠣《かき》を調理していた。塩漬け保存されていたものを学園から持ってきたらしい。「あれはソース用ですね」とフィグレが呟く。

「彼女は大丈夫そうです。他は……」

別の竈でアブラメリンが油を温めている。何匹もの小魚と小麦粉を横に準備して真剣な表情だ。

視線を移すと、小アルベールが例の肉を丸焼きにしていた。

そしてメルとアルスノトリアはテーブルの周りで配膳の支度をしている。時折、アル
スノトリアが鼻をひくひくさせ、何か呟いた。そのたびメルの瞳が期待に輝く。

「皆さん、順調なようですから私もスープに集中します」

鍋の蓋を開け、ゆっくりかき混ぜてまた蓋をする。

リデルは手持ち無沙汰《ぶさた》になったので誰かの手伝いをしようと申し出てみた。

あまり上手くはできないけれど、頼まれたことを何とかこなす。

メルがカラッと揚がった小魚をつまみ食いしようとしてアブラメリンに怒られた。

その隙にペルデラが一匹摘《つま》んだが、あまりの熱さにのたうち回り、「舌がひりひりす
るぜ……」と舌を出してアルスノトリアの側に寄る。

「ペル、猫舌です？」

「こういうところで猫感出なくてもいいんだけどなぁ、おいら」

心配そうに尋ねる彼女に影猫はげんなりした調子で答えた。

「うーん……。あたしも、たまには料理してみたいな」

メルが立ち上がる。

余っている食材を次々手に取り、ふむふむと頷いた。

「すごいのができそうな予感！」

「メルさん、きっと気のせいですわ」

ピカトリクスが不安そうな顔になる。しかしメルは「任せて！」と鍋を用意しだした。

「何を作る予定ですか？　レシピはどちらに？」

フィグレが聞く。メルは陽気に答えた。

「あたしが新しい料理を作り出すよ」

「それ、一番ダメなパターンです！」

フィグレが叫んだ。


日が沈み、ランプの灯《あか》りだけが周囲を照らすようになった頃。

「皆さん、座って下さい」

フィグレが全員に声を掛ける。

いそいそとリデルたちはテーブルについた。

ずらりと並べられた料理の数々に、そわそわした雰囲気が広がる。

「では、食前のお祈りを」

ピカトリクスの言葉に皆、手を組む。

天人《てんじん》さまに祈りを捧げた。

「高く深く古きところに座《わ》す天人さま。全ての恵み、全ての慈《いつく》しみに感謝いたします。今日の食事と行いが、わたくしたちの糧となり実りますように」

祈りの言葉をピカトリクスが口にする。続いて全員が声を揃えた。

「いただきます」

厳かな空気が一転、祈りを終えるとメルが声を上げる。

「どれから食べよっかな！」

「メルさん、その前に。今夜の献立を聞きませんと」

「どれも腕によりをかけた一品ばかりですよ。まずは私の作ったスープから紹介しますね。ターニップ・ピュレのスープといいまして……」

フィグレがなめらかなスープをそれぞれの碗《わん》に注いでいく。

「私は前菜。フィグレが網を仕掛けて獲《と》ってくれた小魚に、小麦粉をまぶして揚げたもの。スプラットのフライ。各自、適当に摘んで」

アブラメリンが指し示したのは、こんがり狐色に揚がった小魚だ。揚げたてがこんもり大皿に盛られている。

「もうスプラッットが網にかかりましたの？　秋を先取りですわね」

「少し小さいですけど、沿岸まで群れが来るので獲りやすいんです。網を仕掛ける実験もできて一石二鳥でした！」

珍しそうにするピカトリクスに対し、フィグレは満足そうだ。

「私《わたくし》はメインディッシュを担当致しましたわ」

優雅な手つきでピカトリクスがじっくり煮込んだ鱈を切り分ける。ナイフがスーッと入る光景だけで口の中に涎《よだれ》がたまった。

「……丸焼き」

繊細《せんさい》な魚料理によって生まれた和やかな雰囲気を、小アルベールの豪快な肉の丸焼きが吹っ飛ばす。正に野趣溢《あふ》れる見た目のインパクトに誰もが息を呑んだ。しかし、香辛料の効いたその香りにアルスノトリアが鼻をひくひくさせる。

「すんすん。美味《おい》しそうです」

「すごいよ、小アルちゃん」

「これ、蒸し焼きですか？」

「付け合わせの野菜も充実している」

一気に注目が集まった。ピカトリクスが「ほほほ」と笑う。その頬はひきつっていた。

「小アルさん。成績だけでなく、こんなところでも……。恐ろしい子」

「あ！　ピカちゃんの鱈、美味しい！」

メルがほむほむと幸せそうに食べながら言う。「ああ！」と思わずリデルは声を上げた。

「メル殿、フライングでありますっ」

「もうお祈りは済ませたよ」

「……確かに」

「食べたいです……」

「私《わたくし》もですわっ」

「料理には最適な温度があります。冷めてしまっては味が落ちてしまうので――」

「ようするに、さっさと食べるんだぜ！」

ペルデラの言葉を聞くやいなや、皆、食事に取りかかった。

リデルはまず、フィグレが作ったターニップ・ピュレのスープを口にする。

そういえば、ターニップとは何でありましょうか？

そんなことを考えながら口に含むと、なめらかな舌触りの優しい味わいが口の中に広がった。野菜の甘みが濃縮されているのに、後味はさっぱりしている。

（これは、さすがフィグレ殿でありますな）

あっという間に食べきってしまう。塩加減が丁度いい小魚のフライを幾《いく》つか摘んでから鱈の煮込みを口に含んだ。ほろほろと崩れていく身からじわっとバターの香りが溢れ出す。ソースを絡めてもう一口。今度は牡蠣の風味が絶妙に溶け合う。

「お、美味しいでありますっ」

とても野外料理とは思えない繊細な味わいに、リデルは震えた。

そして糸巻トカゲの香草蒸し焼きに目をやる。

丸焼きのインパクトは何度見てもすごい。食べやすいように小アルベールが切り分けてくれているけれど、それでも見た目に圧倒される。

「いざ」

丸焼きの肉に挑む。ガシガシとナイフで一口大に切り、湯気の立つ肉汁滴《したた》る肉を口に放り込んだ。

これはっ！

ガツンと来る肉の旨味。牛や豚とは異なる歯応えは、どちらかというと鶏肉《とりにく》に近いのかもしれない。香辛料が効いていて体に熱が漲《みなぎ》ってきた。

「初めて食べるお肉でありますが、侮《あなど》れないであります」

いかにも野外料理といった素朴《そぼく》な味わいがストレートに伝わる。

ひとしきり堪能《たんのう》したリデルが周りを見ると、皆もわいわい食事を楽しんでいた。アルスノトリアが一口一口、ちょこちょこと食べているのが小動物を思わせて可愛《かわい》い。そんな彼女をピカトリクスが気に掛けていた。

「ところで」

アブラメリンがメルを見る。

「メルも何か作っていたんじゃないの？」

「あ、うん。そうだった」

メルが席を立つ。ピカトリクスが「お行儀悪いですわよ」と目くじらを立てた。「ごめん、ごめん」と言いながら彼女は鍋を持ってきた。

「どんな料理なんですか？」

フィグレが興味深そうに覗き込む。

「ええとね。イイ感じに煮込んだ鍋」

「何ですか、それはっ。理に適っていません」

「まあまあ」

メルが蓋を開けた。

トロッとしたスープが中に入っている。メルがかき混ぜると、何らかの食材が時折、姿を現した。

「メルさん、具材は何ですの？」

「何だったっけ？　ここにあったものだから食べられるよ」

「大雑把が過ぎますわ！」

「とりあえず、味見してみるね」

「まだしてなかったんですのっ？」

ピカトリクスのツッコミを気にせず、メルは小皿にスープを注いでちょいと飲む。

「ふむふむ」と味わった。

「あ、美味しい」

「本当ですのっ？」

「確認させて下さい」

ピカトリクスとフィグレが身を乗り出す。「やめといた方がいいぞ」とペルデラが小魚を齧《かじ》りながらぼやいた。

二人がそれぞれ小皿に注いで一口含む。

「えっ？」

「まさか……」

驚愕《きょうがく》に目を見開いた。

「美味しいですわ」

「まろやかで複雑な味わい。何てことですか……」

惚《ほう》けるピカトリクスに対し、フィグレは俯《うつむ》いてプルプルと震えだした。

リデルは「おおっ」と感心する。

(フィグレ殿が震えるほど美味しいお鍋ということでありますか)

しかし、顔を上げた彼女はガシッとメルの肩を摑んだ。

「メル！　これはどうやって作ったんですか⁉　レシピはどこにっ？」

「レシピ？　うーん……。美味しくなりそうな感じのものを入れて煮ただけだよ」

「もっと具体的な調理方法はっ？」

「だから鍋に食材を入れて、ぐるぐるかき混ぜながら煮たの。あ！　歌を歌いながら煮込んだよ。歌ったのが良かったのかも」

「何ですか、それはっ。理に適っていません！」

フィグレがメルに詰め寄る。「ええーっ」とメルの額に汗が浮かんだ。

「メル！　どうしてレシピを残さなかったんですか⁉　再現性がなければ意味がないではありませんか！」

がっくんがっくん揺さぶられ、メルが「あわわわわ」と目を回す。

「フィグレさん、落ち着いて下さい」

「メルが大変なことになってる」

ピカトリクスとアブラメリンが止めに入ったけれど、彼女は憤懣《ふんまん》やるかたないといった様子で叫び続けた。

「レシピを！　こんな美味しいのに！　レシピを！　再現性が！」

フィグレを落ち着かせるのに、それから小一時間かかった。

ちなみにメルが作ったスープも皆で完食した。


夕食後、リデルたちは探索結果について話した。

「イアスピスは見つからなかったのですわね……」

ピカトリクスがため息を吐《つ》く。

「森の出入り口まで通ってきた道にも見当たらなかったということですよね」

「しっかり確認したわけじゃない。でも、可能性は低いと思う」

フィグレの質問にアブラメリンが答えた。

「どういうことですのっ？　精霊はいつもここで鉱石を採集してますのよねっ？」

皆がペルデラを見る。テーブルの上で丸くなっていた影猫は「にゃ？」と片方の耳だけ動かし、億劫《おっくう》そうに体を起こした。

「あー、なんだ……。鉱石の採集場所はここだけじゃないからな。幾つかある中で、おまえらを連れてきても大丈夫そうなところを選んだんだよ」

「だったら、ここでイアスピスを採集できるとは限らないということですのっ？」

「かもなー」

「そんな！　せっかくソローさまに実力を認めていただけるチャンスですのにっ」

「他の鉱石はイイ感じに採集できたんだ。明日、もう一度、洞窟を探索して見つからなかったら仕方ない。おまえらは良くやった」

ピカトリクスの叫びに耳をぺたんと寝かせ、ペルデラはアルスノトリアの頭に乗る。

「今夜はさっさと寝ろよ。おいらはもう寝るんだぜ」

ぴょんと跳んで影猫はテントに潜り込んでしまった。

「無責任ですわ」

ピカトリクスが膨れ面になる。アブラメリンが肩を竦《すく》めた。

「急な実習だったし、場所も限られていた。探すだけ探して、採掘できなかったらそう報告するしかない」

「でも、できればコンプリートしたいよね！」

メルが笑顔で言う。

「明日もあるんだし、きっと何とかなる」

「うん。頑張るです」

決意を新たにしたところで、「皆さん……」とピカトリクスが声を潜《ひそ》めた。

「お風呂に入りたくありません？」

全員がハッとする。

互いに目を合わせ、自分の髪や肌に触れた。

「ちょっとべたべたしてるよね」

メルが自分の体を触りながら言う。

「海に入ったから。でも、川で水浴びをするのは……」

自分で言って、アブラメリンが眉を顰める。

「さすがに寒い」

「だよね……」

夜風は涼しかった。

「ここは精霊たちにもう一頑張りしていただきましょう」

「賛成」

意外にも小アルベールがすぐに同意した。

「異論はない。でも、具体的にどうする？」

「使えそうなものを探してこようよ」

「自分も持ってきたものの中に使えるものがないか探すであります」

リデルはテントの中に入れてあるリュックサックの方を見る。

皆で話し合い、担当を決めてリデルたちは動き出した。

その目には、鉱石採集実習のとき以上の真剣さがあった。

試行錯誤の末、リデルが持ってきていた園芸用のじょうろを使って簡易シャワーを作りあげる。着替えの天幕を利用し、交代でお湯を浴びることができた。

「あー、気持ち良かった！」

メルがタオルを肩に掛けて伸びをする。ピカトリクスが「メルさん」と声を掛けた。

「きちんと髪を乾かさないと体を冷やしますわ」

「あたし、短いからすぐ乾くよ」

タオルでわしわし拭き、「ほら！」と陽気に言う。

「そんな拭き方すると髪を傷めますわよ、まったく」

呆れた様子でピカトリクスはメルにブラシを差し出した。隣にいたリデルにも声を掛ける。

「リデルさんも髪の手入れは入念になさって下さいまし」

「了解であります。ピカ殿の髪は美しいでありますな」

「まあ、それほどでもありますわっ」

ホホホと笑いながら艶《つや》やかな金髪を軽く払う。

首尾良くシャワーを浴びることができたリデルたちは、火照《ほて》った体を夜風で冷ましていた。メルや小アルベールは髪が短めなので手入れもそれほど時間はかからなかったけれど、ピカトリクスやアブラメリン、リデル、フィグレ、そしてアルスノトリアは長い髪を乾かすため熱の精霊たちに温風を当ててもらっている。

「精霊さん、ありがとうです」

アルスノトリアの銀髪が温風に揺れている。

「乾かすナリー」

「ナリー」

ぬぼーっとした見た目の精霊たちがふーっ、ふーっと息を吹きかけている光景は、何度見ても面白い。

「今夜は星が綺麗ですね。天文学の授業を思い出します」

フィグレの言葉に空を見上げる。

満天の星。

その壮大さにリデルは圧倒された。

「すごいであります……」

「北極星ってどれだっけ？」

メルが人差し指を彷徨《さまよ》わせる。

「あそこ」

小アルベールが夜空の一点を指差した。

「あの、スプーンみたいな形の星座って何？　あ、尻尾だったかな？」

「……おおぐま座」

「天文学の授業でやったでしょ。ここでおさらいする？」

髪を乾かし終えたアブラメリンがメルの隣に座った。サイドポニーにせず、そのまま夜風に長い髪を揺らしている。

「そういうのいいよー。何も考えずに眺める星だって綺麗でしょ」

「あら、詩人ですわね」

ピカトリクスがフフッと微笑《ほほえ》んだ。

「あの光の一つ一つが、実際にはとても大きな球体だというんです。あそこまでどれほどの距離があるのでしょう」

フィグレが真面目な顔で言う。

「フィグレ殿でも計算できないほどなのでありますか？」

「計算したことはあるのですけれど……」

リデルの隣に座り、彼女は首を傾げた。

「気づいたら、月に映っている模様はカニなのかお婆さんなのか他の動物なのか考えてしまっていました」

「月の模様でありますか？」

「お月様も綺麗だね」

メルが空高く浮かぶ満月を指差す。

見上げる月には少し暗い部分があった。首を左右に傾けて目を凝《こ》らすと、カニのようにも、本を読んでいる女性のようにも見える。

「これは、難問でありますっ」

「月に行けたらいいんですけど」

フィグレがポツリと呟いた。

「なるほど。実際に行けば分かりやすいであります」

「でも、行く方法が思いつきません……」

頬杖を突く彼女にリデルは言う。

「フィグレ殿はいつもたくさん考えておられるので、きっといつか見出《みいだ》すことができるであります」

「リデル……」

フィグレが目を見張った。

「その根拠は何ですか？」

「えっ？」

「根拠です。私がいつか方法を見出せるという科学的根拠を示して下さい」

「それは、どこにもないであります……」

「では、どうしてリデルはそんなことを言ったのですか⁉」

「根拠はないけど、自分はフィグレ殿を信じているであります」

フィグレが固まる。

「フィグレ殿のお話はいつも面白いであります。ポンコツな自分には難しい話も少なくないのでありますが、とても真剣で、その情熱が自分は好きなんであります」

率直な思いを伝えると、フィグレはコホンと咳払《せきばら》いをした。

「情熱が科学を発展させるんです」

「ふむふむ」

メルが神妙そうな顔になる。

「お月様もフィグレに会いたがってるよ」

「えっ？　月に意思があるというんですかっ？」

「そんな声が聞こえてきたんだ」

「非科学的です！　それは幻聴です！」

フィグレは顔を真っ赤にして怒るが、メルは「フィグレにも聞こえるよ」と笑顔で返す。フィグレは口を引き結び、「念のため」と目を閉じて耳を澄《す》ませた。

波の音が聞こえてくる。

「聞こえてきません……」

「そっか。でも、いつかきっと聞こえるからねっ」

あくまで笑顔のメルに対し、フィグレは悔しそうに叫んだ。

「何だか負けた気分です……！　私はこんなに可愛いというのにっ……」

「それ、関係あるんですの？」

ピカトリクスが首を傾げる。

「フィグレちゃん、すごいです」

アルスノトリアがポツリと洩《も》らす。

「色んなこと、いっぱい知ってて、考えてて。やりたいこともあって……。わたし、分からないことだらけです」

「大丈夫ですわ。トリさんはちゃんと努力していますもの」

「先日の小テストでも成果を出した。油断してはいけないけれど、もっと自信を持っていい」

「……大器晩成。トリなら大丈夫」

小アルベールがアルスノトリアの頭を撫でる。

「ふわわ……」

銀髪が一房《ひとふさ》、迷うように揺れる。

みんなに励《はげ》まされても、トリ殿は納得していないようであります。

リデルは内心、頷く。

ポンコツな自分を皆、フォローしてくれる。自分自身も失敗に挫《くじ》けることなく努力しているつもりだけれど、それでもなかなか上手くいかない。

そんな自分がかけてほしい言葉は、何だろう。

そう思ったとき、言葉を口にしていた。

「そうでありますな」

アルスノトリアがこちらを見る。

「自分も分からないであります。一歩一歩、進んでいるつもりでも本当に前に進んでいるのか分からないものでありますから……」

「あ……」

アルスノトリアが小さく口を開いた。

「それでも、いや、だからこそ、自分は一歩一歩進み続ける所存。それしかできないであります。それに、間違った方向に進んでいたら、きっと誰かが止めてくれるのであります。そして引っ張り上げてくれるであります」

彼女の澄んだ青い瞳が大きくなる。

リデルは思い起こす。

運んでいた鉱石をぶちまけて転んだときのこと。

洞窟の地面が崩れ、落ちそうになったところを引っ張り上げてもらったこと。

空回りでも、進んでいれば何とかなる。

そんな楽観的な思いが、少しでもアルスノトリアの慰《なぐさ》めになればいいなと思った。

「そう。そうですわ！」

いきなりピカトリクスが声を上げた。

「いつでもクラス委員長《セレクト》である私《わたくし》に頼ってくださって構いませんのよ」

「まだ違うでしょ」

「何ですの、アブラさん？」

「その呼び名はやめてって何度言ったら分かるの」

アブラメリンとピカトリクスが顔をつきあわせる。

「…………」

しかし、いつものようにメルが間に入ってこなかった。二人とも、おや？　という顔になる。

「……メル。眠そう」

小アルベールの声に振り向くと、メルがうとうとしていた。

「つい話し込んでしまいましたわ」

「そろそろ寝よう」

「では、就寝であります」

リデルは立ち上がった。

「メルちゃん」

アルスノトリアがメルの手を引き、皆、テントに向かった。

第六章

何かが動く気配と微《かす》かな物音でリデルは目を覚ました。

何の音でありますか？

うっすら目を開け、テントの出入り口を見る。

さらりと銀髪が夜の闇に浮かんだ。

トリ殿？

アルスノトリアがそろそろと外に出ていく。

まだ、外は真っ暗でありますな……。

一人で外に出て大丈夫だろうか。気になったリデルは体を起こし、上着を羽織《はお》った。

皆を起こさないよう気をつけて外に出る。

「⁉」

しかし、靴を履《は》き損《そこ》ねて地面にひっくり返った。声を上げないよう口を噤《つぐ》み、そっとテントの出入り口を閉じる。

「トリ殿はどちらへ？」

辺りを見回してみた。

満天の星と月明かりのお陰で、ぼんやりと周りの様子は分かる。

遠く、波の音が聞こえてきた。

海辺に降りる坂道を少し下ってみたけれど、そちらに銀髪の少女は見当たらない。

「あっちでありますか……？」

昼間、歩いてきた森。

そちらに向かう方角へ目をやる。

夜空よりも黒く沈んだ森を背景に、銀髪がゆらゆら揺れていた。

「トリ殿っ」

リデルはアルスノトリアを追う。

歩いている彼女に追いつくのは簡単だった。

ただ、足音に気づいて振り返ったアルスノトリアに声を掛けようとしたとき、ビンと足を引っ張られてリデルは盛大に転んだ。

「ああああっ⁉」

「ふわわっ……？」

自分の足下に滑り込んできたリデルに、ビクッとアルスノトリアは縮《ちぢ》こまる。

「あいたたた……」

「だ、大丈夫です……？」

「平気でありますよ。自分、頑丈ですので」

心配そうな彼女にリデルは笑ってみせた。足下を見ると靴紐が緩《ゆる》んでいる。これを踏んだせいで転んだようだ。

「きちんと靴紐を結べていなかったようであります」

たはは……と笑いながら月光の下、靴紐を結び直す。アルスノトリアは屈《かが》んで前髪を弄《いじ》っていた。一房《ひとふさ》跳ねた銀髪が迷うように揺れる。

「リデルちゃん、どうしたのです？」

「トリ殿を追ってきたでありますよ。こんな夜中にどちらに行くでありますか？」

リデルの問いにアルスノトリアは俯《うつむ》く。前髪をつまんでそわそわした。

「森へ行こうとしていたでありますか？」

「えっと……」

俯いていた彼女がおずおずと顔を上げる。

それからスーッと息を吸い込んだ。

「すんすん。やっぱり、匂いがするです……」

「匂いでありますか？」

「多分、森からです。何なのか、気になって……」

「お昼に森を抜けたときも言ってたでありますな。……皆さんを起こした方が良いでありますか？」

「それは、みんなに悪いです」

アルスノトリアはふるふると首を振る。

「確かめるだけなら、わたしにもできるです」

そう言う彼女にリデルは言った。

「では、自分もお供するでありますよ」

「でも……」

「このまま戻っては気になって眠れないであります。自分、ポンコツでありますから、トリ殿のお役に立てるかは甚《はなは》だ不安でありますが……」

「そんなことないです。リデルちゃんが一緒なら、心強いです」

「そう言ってもらえると嬉しいでありますな」

二人は並んで森の中に入った。

「……真っ暗であります」

夜の森は月明かりもほとんど差さない。

どこかで虫の鳴き声がする。

虫なのかよく分からない鳴き声もたまに聞こえる。

「こ、これはなかなか、趣深《おもむきぶか》いでありますな……」

「あうう……」

強がってみたけれど、あまり効果はなかった。

身を寄せ合い、二人は少しずつ奥に進んでいく。

アルスノトリアは時折立ち止まり、鼻をヒクヒクさせた。

それから「こっちです」と進む方向を指し示す。

「トリ殿は嗅覚《きゆうかく》が優れているでありますな」

リデルは感心するけれど、アルスノトリアは恥ずかしそうに前髪を弄った。

「でも、これは何の匂いか分からないです……」

「それでも大したものでありますよ。自分には何も感じられないでありますから」

ふと、足を止める。

半歩先に進んで、アルスノトリアがこちらを振り向いた。

「リデルちゃん？」

「……トリ殿。あそこ、ほんのり光っているように見えるでありますが」

「……うん」

「何でありましょう？」

「すんすん。匂いも、あっちからします」

二人は恐る恐る近づいていく。

どうやら光は地面に埋まっている何かから発せられているようだった。その場に辿り着いたところで屈み、闇の中で目を凝《こ》らす。

「これは、もしや……」

「イアスピス、です？」

指で土を払ってみた。手触りで鉱石だと分かる。

「トリ殿、間違いないでありますっ」

「魔法鉱物学の教科書で見たのと、同じ……」

柔らかな紫色の鉱石が木々の隙間から微かに差し込む月光を反射していた。

「これ一つだけとは思えないであります。きっと、この辺りを採掘すればもっと見つかるでありますよ！　トリ殿、お手柄であります」

「リデルちゃんが一緒に来てくれたから」

喜ぶリデルに対し、アルスノトリアは困ったような顔になる。

「朝、皆さんにお話しするであります。今夜は戻って……」

立ち上がり、来た道を振り返った。

背筋に悪寒が走る。

「…………」

ゆっくり周りを見回した。

アルスノトリアが鼻をひくひくさせる。

そわそわと辺りを見た。

「リデルちゃん……。良くない匂いがするです……」

「それなのでありますが、トリ殿……」

リデルは暗く沈んだ森を指差す。

「あちこちに光ってるものが見えるであります。あれは何でありましょうか」

「ふわわっ……」

アルスノトリアも気づいたようだ。身を竦《すく》ませる。

いつの間にか、二人の周囲に無数の光る点が群がっていた。

それらは明らかにリデルとアルスノトリアを見ている。

じっと見つめている。

あるものはのそり、のそりと。

あるものは木々の枝を伝い。

それらが闇から近づいて輪郭を露《あら》わにする。

二人の周りに姿を現したのは——

「む……蟲《むし》でありますうううううううううう……!!」

二人は慌てて逃げ出した。

◆　◆　◆

誰かの悲鳴。

そう感じた瞬間、アブラメリンは飛び起きていた。テントの中を確認する。暗闇に目が慣れるまで少しかかったものの、すぐにアルスノトリアとリデルの姿が見当たらないことに気づいた。

「メル、ピカ、起きて！」

自分の腹に足を乗せて寝ていたメルの足を払い、ピカトリクスの肩を揺する。「何ですのぉ……？」とぼやく彼女に鋭く告げた。

「外で悲鳴が聞こえた。それと、トリとリデルがいない」

「何ですって⁉」

ピカトリクスがガバッと身を起こす。アルスノトリアが寝ていた方へ転がっていったメルを引っ張り起こしながら小《しょう》アルベールに声を掛ける。

「小《こ》アルさん。起きて下さいな」

「……起床」

「本当に起きてますの？」

「……起床」

「これ絶対起きてませんわ！」

「先に行く」

アブラメリンは剣を手に外に飛び出した。ピカトリクスが「待つのですわ！」と叫ぶけれど気にしてはいられない。

一つ思い出し、テントに戻って隅に手を伸ばす。丸くなって寝ていた影猫《かげねこ》ペルデラを抱え上げた。

「にゃー……？　どしたー？」

ぽやんとした寝ぼけ眼《まなこ》で言うペルデラを小脇に抱え、アブラメリンは走り出す。

「ペル。昼間、トリが言ったことを覚えてる？」

「んあー？　変な匂いがしたとか、あれかー……？」

前足で目を擦《こす》り、影猫が、くあっとあくびをした。

「森の方で悲鳴が聞こえた。恐らく、トリとリデルよ」

「にゃんだって⁉」

その言葉でペルデラも完全に目を覚ました。

「急いだ方がいい」

「あいつら、無事でいろよ！」

アブラメリンは森に駆け込む。すぐに奥の方から悲鳴が聞こえてきた。それとともに物がぶつかる音が響く。周囲の木々がざわめき、揺れた。

「この気配……」

「蟲だ！　アブラメリン、気をつけろ！」

「言われるまでもない」

ペルデラを地面に降ろし、剣を構える。

彼女の持つ剣は途中までしか刀身がない。ただ、彼女の魔力で剣先を作りあげることができた。青白く光るそれがほんのり周りを照らす。

そのまま全速力で突き進んだ。暗闇に目を凝らす。併走しながら前方を凝視していたペルデラが叫んだ。

「右だ！　そっちから二人走ってくるぞ。ありゃあ……」

「トリとリデル？」

夜目が利くペルデラを頼るしかない。進む方向を変え、木々の隙間を縫うように走った。物音が大きくなる。

「あわわわわわわわわわ……！」

「ふわわわわわわわっ……！」

二つの人影が転げるようにして駆けてきた。咄嗟《とっさ》に立ち止まり、アブラメリンは二人に声を掛ける。

「トリ！　リデル！　大丈夫⁉」

「アブちゃん……！」

アルスノトリアが駆けてきた。その後ろにリデルの姿もある。

「アブラ殿……！　蟲であります！　蟲があああああっ」

半ば予想していたが、リデルが目の前で木の根に足を引っかけて転んだ。

素早く腰を落とし、彼女の体を受け止める。

「助かったのであります」

「まだよ。急いで逃げて！」

二人を背後に庇《かば》い、改めて剣を構え直す。

闇の中から何匹もの蟲が襲い掛かってきた。

◆

◆

◆

「はあっ！」

気合いの声とともにアブラメリンが剣を切り上げる。

突っ込んできた数匹の蟲がまとめて宙に弾き上げられた。

「おお！　すごいであります」

思わず立ち止まってリデルは感嘆の声を上げる。

「感心してる場合じゃねぇぞ！　こんな数、アブラメリン一人でどうにかできるわけがない！　早く逃げるんだぜ！」

ペルデラに怒鳴られ、リデルは「了解であります！」と敬礼した。

「トリ殿！」

友達に会えてホッとしたのか、その場で息を整えていたアルスノトリアに手を差し出す。彼女と一緒に走り出した。

「そっちじゃねぇ！　左だ、左っ」

ペルデラがアルスノトリアの肩に乗る。前足で示す方へ二人は向きを変えた。

「回り込んできてる蟲がいる！　左右に気をつけて！」

アブラメリンが蟲の相手をしながら一番後ろを走っている。周囲の木々がガサガサと騒がしく音を立てた。蟲が枝を伝って追ってきているのだ。

「自分も応戦するであります！」

リデルは背中に腕を回した。しかしそこにいつものリュックサックはない。

「おまえ、リュック、テントに置いてきてるだろうが！　今はとにかく走れ！」

ペルデラに叱《しか》られる。「そうでありましたっ！」とリデルは叫んだ。

「くっ……。こいつら、意外にすばしっこい」

アブラメリンが苦い顔をする。上手く攻撃が当てられないようだ。

「とにかく森を出ないと……待って！」

彼女の声に反射的に足を止める。しかし勢い余ってアルスノトリアがどてっと転んでしまった。

「回り込まれちまったな……」

ペルデラがぼやく。

前方に壁のような姿の蟲が数体、立ちふさがっていた。

周囲にも蟲の不気味な気配。

背後からも迫ってくる。

「囲まれた……」

アブラメリンが周囲に鋭い視線を飛ばした。

「どどどうするでありますかっ？」

リデルは焦って左右を見回す。どこを見ても蟲たちの光る目があった。

「こういうときは……」

前方を睨《にら》んだアブラメリンがリデルとアルスノトリアの肩を掴《つか》む。

「伏せろ！」

その声とほぼ同時に――

「分解！」

溶解液がレーザーのように勢い良く蟲たちに浴びせかけられた。

更に一人の少女が軽やかに突っ込んでくる。

「溶解！」

巨大な分液ロートから溶解液を振りまき、蟲を殴り倒した。

「分解！」

もう一匹。

「更に分解！」

もう一匹。

立ちはだかっていた蟲たちを突破し、少女がこちらに駆け寄る。

「皆さん、無事ですかっ？」

「フィグレ殿！」

リデルは歓声を上げた。

「いつもながら豪快な戦い振りでありますな！」

「豪快というのは理に適《かな》いません。私の攻撃は合理的な計算と検証に基づいたもので、勢いに任せて殴っているわけではないんです」

「なるほど。洗練されているのでありますな」

「科学的検証の賜物《たまもの》です」

「おおい、フィグレ……」

ペルデラがぼやく。

「お陰で助かったけど、あの攻撃はヒヤヒヤしたんだぜ」

「大丈夫です。狙った蟲は外しません」

「いや、そっちのヒヤヒヤじゃなくてな」

「ペル、みんな来てくれたみたい」

アブラメリンが道の先を指し示した。

「皆さーん！」

ピカトリクスの声がする。メルや小アルベールの姿もあった。

「はい、リデル！」

メルが背負っていたリュックサックをリデルの前に置く。ふぅと額の汗を拭《ぬぐ》った。

「トリの武器」

小アルベールがアルスノトリアに武器を手渡す。

「ありがとうであります！」

「小アルちゃん。ありがとうです」

リデルはリュックサックを背負い、中から武器を取り出す。無骨な装飾が施された、重々しい見た目の槍を両手で握った。突くだけでなく薙《な》ぐこともできるので見た目より遥《はる》かに扱いやすい名槍だ。

新たな蟲が周りに集まってきた。

「来るぞ！　おまえら、防除《ぼうじょ》訓練を思い出せ！」

「ペルは下がっていてくださいませ。危ないですわよっ」

「心配しなくても、おまえらより動けるんだぜ」

影猫が軽快なステップを見せる。

「ピカトリクス、しっかり守れよ！　メルも応援して全員の力を高めろ。アブラメリンとリデルが蟲を撃退するんだぜ。フィグレは周囲を警戒して、飛びかかってきた蟲に溶解液をお見舞いしてやれ！　アルスノトリアと小アルベールはサポートだ」

「はい！」

「うん！」

「皆さん、これは訓練ではないであります！」

ペルデラの指示に各々、身構える。

蟲が一斉に襲い掛かってきた。

「ここは、私《わたくし》が！」

ピカトリクスが日傘を開く。同時に術式が展開され、防御フィールドが広がった。飛びかかってきた蟲がぶつかって弾き飛ばされる。

「どけ！」

一方でアブラメリンは後ろから迫ってきた蟲たちを剣で薙ぎ払った。メルが大きく旗を振る。

「よーし、いっくよー！　フレー！　フレー！」

「……敵、発見」

小アルベールが包帯で大きな手を作り、木の陰から姿を現した蟲を殴り飛ばした。

皆さん、すごいのであります！　これは自分も頑張らねば！

リデルは槍を構えて蟲を目で追おうとする。

しかし、他のペンタグラムも入り乱れて戦う中、思うように狙いを定められない。戸惑っていると、すぐ側《そば》で「あうっ」と小さな声がした。

アルスノトリアが一匹の蟲相手に奮闘している。細長い杖を振って「えい！」と叩いているが、蟲は鬱陶《うっとう》しそうにするばかりであまり攻撃が効いているようには見えない。

「おい、アルスノトリア。大丈夫かっ？」

影猫が声を上げた。リデルは彼女の下に向かう。

「トリ殿、自分も参戦するであります！」

二人で倒そうと試みるが、蟲は急に跳び上がった。

「ど、どこに行ったでありますかっ？」

「あわわわっ……」

「後ろだ、後ろ！」

ペルデラが叫ぶ。しかし、困惑のあまり後ろがどちらか分からなくなってしまった。

きょろきょろしているうちに背中を突き飛ばされる。

「背後を取られたでありますっ……」

すぐに振り向いてもすでに蟲はいない。アルスノトリアも蟲に突き飛ばされて転んでしまった。

「お二人とも大丈夫ですのっ？」

ピカトリクスが駆けつける。防御フィールドで蟲を弾き飛ばした。

「ピカちゃん、ありがとうです」

「このくらい当然ですわ。ウォールダーの面目躍如《めんもくやくじょ》といったところですわね」

ふふんと金髪を優雅に払う。

「おまえら、もう少し落ち着いて周りを見ろ。いつもの防除と違って暗かったり木が邪魔になったりするんだぜ」

　影猫が走り寄ってきた。

「もうバラバラになっちまってるじゃねぇか……。お互いの動きを意識するんだぜ」

「はいですっ」

「了解であります」

　リデルは気合いを入れ直す。

　そこにフィグレの溶解液が放たれた。

「分解！　分解、分解、分解！」

「おおおっ⁉　言ったそばから……」

「ちょっとフィグレさん⁉　そんな無闇矢鱈《むやみやたら》に撃たないで下さいまし！」

「無闇矢鱈ではありません。合理的な判断です。視界の悪い状況で敵に包囲されているのですから、手当たり次第に攻撃して命中率を上げているんです」

「そういうのを無闇矢鱈と言うのですわ！」

「溶解！」

　フィグレが飛びかかってきた蟲を分液ロートでぶん殴る。

「敵さん、よろしく！」

メルが旗を振りながら駆け回り、穂先で蟲を突き刺した。ところが勢いのまま木の幹まで突き刺してしまう。

「あ、あれっ？」

引っ張って抜こうとするがなかなか抜けない。

「ヤバっ。抜けなくなっちゃった！」

「何してるの！」

「メルちゃん！」

アブラメリンとアルスノトリアが同時にメルへと駆け寄った。ぶつかりそうになり、慌てて避けるがアルスノトリアは転んでしまう。

「ごめんなさい……」

「いい。メルをお願い」

しょんぼりするアルスノトリアに短く答えて、アブラメリンはアルスノトリアを引っ張り起こした。それから蟲の群れに向かって突き進む。

「自分もいくであります！」

リデルも後を追うが、いきなり木の枝で額を打ってしまった。よろめいて近くの木にぶつかる。アブラメリンは一人、蟲を斬り伏せていた。

「邪魔だ！」

向かってくる蟲を巧《たく》みな剣捌《けんさば》きで斬る。彼女がどんどん一人で先に進んでいくのでリデルは声を張り上げた。

「アブラ殿！　みんなと離れすぎると良くないであります！」

「分かってる！　こいつを倒したら……えっ？」

「アブラ殿っ？」

彼女の姿が一瞬で消えた。続いてバシャンという水音が響く。

「アブラ殿⁉　今の水音はっ」

「こっちに来ないで！　足下が――」

アブラメリンの警告を最後まで聞くことはできなかった。

「おわあああああ……⁉」

リデルも足を滑らせて川に落ちてしまったからだ。

幸い膝までしか水深がなかったが、思い切り尻餅《しりもち》をついた。お尻がヒリヒリする。

「川があることに気づかなかったであります……」

「こう暗いと足下も覚束《おぼつか》ない」

アブラメリンが険しい顔になる。

「でも、アブラ殿の位置はよく分かるでありますよ」

彼女と背中合わせになりながらリデルは言った。

「私の位置が分かる？　どうして？」

「アブラ殿の剣、光っているでありますから」

「そういえば、そうね」

アブラメリンは自分の剣を見下ろす。

「それなら、もっと目立って敵を引きつける！」

気合いの雄叫《おたけ》びを上げると、彼女の剣が強く光り輝いて長大な刃《やいば》が現れた。

「どいて！」

蟲を斬り飛ばしながら走っていく。

「アブラ殿、どちらへ⁉」

「まとめて薙ぎ払う！」

リデルの問いにそれだけ言い残してアブラメリンは木々の隙間に駆け込んでいった。

その後を蟲たちが追いかけていく。

「きゃっ！　今、足を踏んだのはどなたですのっ？」

「ごめん！　多分それ、あたしっ」

「……視界不良」

ガサガサと木の枝を掻《か》き分《わ》けてピカトリクスたちが川辺に姿を現した。

「蟲はどちらにっ？　あ、リデルさん！」

「今、アブちゃんが向こうに走っていったよね？　アブちゃんの剣が見えたよ」

　メルがアブラメリンの走っていった方角を指差す。

「それが、お一人で行ってしまわれたでありますっ」

「アブラさん、独断専行ですわ！」

　ピカトリクスが叫んだ。

「いやー、ウィズさまがいないから上手くいかないね」

「とはいえ、あいつが来る前より良くなってはいるんだぜ。これからもしっかり連携を意識していけよ」

　ペルデラがフォローするように言う。

「急いで追うであります！」

　リデルはリュックサックを背負い直した。

「お待ちになって！」

　ところがピカトリクスが叫ぶ。

　前方で青白い光が伸び上がった。

　次いでアブラメリンの声が届く。

「みんな伏せて！」

　ハッとして全員がその場に屈んだ。

「列光《アフターグロウ》！」

アブラメリンの長大な剣が一閃し、多数の蟲を切り払う。

おまけに森の木々まで数本切り払った。

盛大な音を立てて木々が倒れ、攻撃から逃れた蟲たちも、木々の下敷きになった。

「ちょっとアブラさん！　何てことなさいますの！」

ピカトリクスが叫ぶ。すぐに遠くからアブラメリンが言い返した。

「その呼び名はやめて！」

「あはは、勝った勝った！」

陽気にメルが跳びはねる。ピカトリクスは恨《うら》めしそうな目で倒れた木に腰を下ろした。

小アルベールは土で汚れたアルスノトリアの頬を拭いてやっている。

「これで片付いた」

こちらに歩いて戻ってきたアブラメリンの体は傷だらけだった。

「アブちゃん、怪我《けが》してるよっ」

「……治療」

メルと小アルベールが駆け寄る。「平気」と返し、アブラメリンは倒れた木に腰を降ろした。呆れ顔でピカトリクスが腕を組む。

「アブラさん、無茶苦茶ですわ……」

「一番、効率が良いと判断したの」

「ご自身を囮《おとり》にするような戦い方は危険だと言っているのですわ！　お一人で何もかも引き受けようとするなんて……」

むくれるピカトリクスにアブラメリンは肩を竦《すく》めた。

「あなたが私の心配をするなんて、明日は雪？」

「誰が誰の心配をしているですって？」

二人が睨み合う。

「おお！　そういうことでありましたかっ」

リデルはポンと手を打った。

「わざと強い光を放って蟲を引きつけ、大技で一網打尽《いちもうだじん》にしたのでありますな」

「リデルさん、気づくのが遅いですわよ……」

毒気を抜かれたのか、ピカトリクスが身を翻《ひるがえ》す。

「何はともあれ、蟲退治は無事、完了ですわね」

「まったく……」

倒れた木の隙間からペルデラが顔を出した。

「無茶するんじゃないんだぜ。ともあれ、よくやった。全員、ちゃんといるな？　ひどい怪我してる奴はいないか？」

影猫は心配そうに皆を見回す。

「安全な島のはずだったんだけどな……。事前調査が足りなくて悪かったんだぜ」

「倒せたから良かったではありませんか」

そんなペルデラの背後からフィグレがやって来た。

「見たことのない蟲ばかりでした。この島特有の蟲なのでしょうか？」

「調べたいとか言うなよ」

影猫が半眼になる。フィグレは「大丈夫です」と胸を張った。

「次はちゃんと記録用のメモ帳を持って防除に臨みます」

「いや、そういうことじゃないんだぜ……」

ペルデラが呆れ顔になる。リデルはフィグレに尋ねた。

「フィグレ殿、お怪我は？」

「大丈夫です。他に蟲がいないか見回ってきました。もう視認できる蟲はいません」

「終わりね」

アブラメリンが息を吐く。

「でも、どうして蟲が？」

「警戒」

ピカトリクスと小アルベールが左右に目をやった。

「確かに油断はできないんだぜ。一旦、テントに戻って帰還の準備をするぞ」

ペルデラが歩き出し、皆、テントに戻ろうとする。

ところが、アルスノトリアだけが眉を八の字にして動こうとしない。

「トリ殿、どうしたでありますか？」

鼻をひくひくさせている彼女に尋ねる。アルスノトリアは前髪を掴み、視線を落とした。もじもじと答える。

「まだ、良くない匂いがするです……」

「えっ？」

その言葉に全員が固まる。

グラッ……と地面が揺れた。

「何、今の……？」

アブラメリンが呟《つぶや》く。

次の瞬間、強烈な揺れが起き、リデルはひっくり返った。

大地が盛り上がる。

木々が何本も傾《かし》いで倒れていく。

地面の一部が隆起し、バラバラと土が土砂崩れのように流れ落ちていく。

そうして地中から現れたのは——

亀のような姿をした巨大な蟲だった。

「でかっ⁉」

メルが叫ぶ。

岩のような甲羅のてっぺんは周りの木々の上端に届きそうだ。離れているのに、見上げなければ全体を捉《とら》えられない。その巨大な蟲は全身がうっすら光っていた。まるで蒸気のようにゆらゆらと魔力が体中から立ち上っている。

甲羅のてっぺんが月光を反射して光った。

つるりとした紫色の輝きに見覚えがあり、しかしそれが何だったのか思い出せずリデルは首を傾げる。

そうこうしているうちに、巨大な蟲が首を巡らせてこちらをギョロリと見据えた。

濁《にご》った眼差しに背筋が寒くなる。

緩慢《かんまん》な動作で体をこちらに向けると、巨大蟲はズシン……ズシン……と地面を揺るがしながら歩を進め始めた。倒木を踏み潰して前進する。

「あの……自分の気のせいでなければ……」

リデルは左右を見ながら言った。

「こちらに向かってきているであります」

「そのようですわね……」

「迎え撃つ！」

アブラメリンが剣を振り上げる。再び光り輝く長大な剣が現れ、近づいてくる巨大蟲に振り下ろされた。

ところが、ガキンと硬質な音が響き、剣の軌道が逸《そ》れる。アブラメリンの攻撃はゴッゴッとした甲羅に阻まれてしまった。

「アブラ殿の攻撃が効いていないのであります……」

「くそっ……。何て硬さ」

手が痺《しび》れているらしく、アブラメリンは悔しそうに拳を握りしめた。

「では、分解するまでです！」

フィグレが溶解液を勢い良く放った。巨大蟲の甲羅に浴びせかける。しかし、甲羅を溶かすどころか何の痛痒《つうよう》も与えていなかった。

「何ですか、その甲羅は！　理に適いませんよ！」

フィグレが単身突っ込む。

「とりゃあああ！」

分液ロートを振り回し、巨大蟲の足に叩きつけた。

ガインッと鈍い音をさせてロートが弾かれ、フィグレもよろめく。

「甲羅だけでなく、足も硬いんですのっ？」

ピカトリクスが信じられないと首を振った。

「おい、おまえら！　こいつは無理だ！　撤収するぞ！」

ペルデラが小アルベールの頭に飛び乗って言う。

「転送魔法陣のところまで走れ！　緊急転移でここから脱出する！」

「でも、イアスピスは……」

「それどころじゃないんだぜ！　おまえらの安全が第一だからな！」

影猫が前足をぶんぶん振って怒鳴る。

「仕方ないですわね……」

ピカトリクスが日傘を開いた。防御フィールドを展開して巨大蟲に向ける。

「私《わたくし》があの亀さんを抑えておきますから、皆さんはお先に！」

「ピカちゃん、一人だと難しいです……」

アルスノトリアが声を震えさせる。ピカトリクスは優雅にお辞儀した。

「このくらい余裕ですわ」

そう告げて、巨大蟲へと走る。ひたすら足を殴り続けているフィグレに退《ひ》くよう声をかけた。

「八天盾《シエイド・クローノス》！」

術式を展開し、前方に防御フィールドを創り出す。巨大蟲の動きが押し止められた。

「さあ、皆さん。今のうちにっ」

「いよし！　おまえら、さっさと走れ！」

ペルデラが叫ぶ。

ところが、皆が動き出す前に悲鳴が上がった。

ピカトリクスが防御フィールドごと押し込まれる。

「何ですの、このパワー……⁉」

巨大蟲が大きく体を震えさせた。

衝撃でピカトリクスが弾き飛ばされる。

「ピカちゃん……！」

アルスノトリアが悲痛な声を上げ、彼女の下へよたよた走っていく。

「危ないであります、トリ殿！」

リデルも咄嗟に走る。

背後を突風が吹き抜けた。煽《あお》られて転ぶ。地面を転がり、何とか体を起こしたリデルの視界に飛び込んできたのは突進してきた巨大蟲に撥《は》ね飛《と》ばされるアブラメリンとフィグレの姿だった。

「アブラ殿！　フィグレ殿！」

巨大蟲は向きを変え、こちらに狙いを定める。

……ん？　違うであります。

こちらではなく、もう少し左の方を見ている。そちらに目をやり、リデルは血の気が引くのを感じた。

「ピカ殿……！」

ぐったりと倒れている彼女の姿がある。メルと小アルベールが側で彼女に声を掛けていた。ペルデラに何か言われて二人も巨大蟲を見る。メルが急いでピカトリクスを抱えようとし始めた。

間に合わないであります……。

巨大蟲はまた突進態勢に入っている。二人がピカトリクスを担いで逃げるより早く、まとめて撥《は》ね飛《と》ばされるだろう。

そう思った瞬間、握っていた槍を蟲に向かって投げつけていた。

キン、と軽い音がして甲羅に弾かれる。

リデルは大声で叫んだ。

「こっちでありますよ！」

リュックサックに腕を回し、適当に武器を引っ張り出す。

闇を塗り固めたような漆黒の槍を投げつけた。おぞましい鳴き声のような音をさせて槍が蟲へと飛ぶ。

しかし、槍は蟲の足下に突き立って地面をグズグズと溶かしただけだった。

「ううっ……。ノーコンでありますなぁ」

それでも挫《くじ》けずに次を摑んで投げる。

水の膜に覆われた三《み》つ叉《また》の矛《ほこ》はあらぬ方向へ飛んでいき、小雨を降らせた。

羽根のように軽い銀色の戦斧《せんぷ》は、軽やかに旋回して夜空に消えていった。

月光に白く輝く長剣は倒木の一つに深々と突き刺さった。

黄金の鉄槌《てっつい》は蟲に届く前に大地を重く震わせた。

雷をまとった槍は木々を焼き貫いていった。

「全然、当たらないであります……！　まだまだ！」

次々に投げつけ、悉《ことごと》く外してしまったが、諦めるわけにはいかない。

仲間を守りたい一心で、リデルは武器を摑み、投げつけた。

両端に翼のついた弓が弧を描いて飛ぶ。

巨大蟲の鼻先を掠《かす》めた。

「ああっ……。弓を投げてしまったであります」

手許《てもと》には矢を詰めた矢筒だけが残る。

「こうなったら、これでも食らえであります！」

思い切って矢筒ごと投げつけた。

甲羅に当たってバラバラと矢が地面にまき散らされる。

巨大蟲が完全にこちらを見た。

その目が苛立《いらだ》ちを宿す。

まき散らされた矢を踏みつけ、リデル目掛けて突き進みだした。

「き、来たであります……！」

リデルは踵《きびす》を返し――

「ふわっ」

「何事でありますかっ？」

銀髪の少女にぶつかり、二人ともその場に倒れる。アルスノトリアを押し倒す形になってしまい、慌ててリデルは身を起こした。

「トリ殿、どうしてこんなところにっ？」

「ピカちゃんのところに行こうとしてたですが……」

彼女の髪の毛が一房、しゅんと萎《しお》れる。

「責めてるわけではないでありますっ。自分も……」

地面がズシン……と揺れた。

リデルは反射的にアルスノトリアの手を取り、引っ張り上げる。

「逃げるであります、トリ殿！」

「は、はいですっ……」

暗い森の中を脇目もふらず走った。

巨大蟲は標的をリデルたちに定めたらしく、一直線に追ってくる。

「はぁっ……はぁっ……」

だんだんアルスノトリアが遅れてきた。すでに息が上がっている。リデル自身も限界が近かった。

どこか、逃げ込める場所は……。

懸命に視線を走らせる。

前方に夜の闇より暗い穴が空いていた。

ハッとして、リデルはアルスノトリアを振り向く。

「トリ殿……！　洞窟……洞窟でありますっ……。あそこに……！」

「はい……ですっ……」

息も絶え絶えになりながら、彼女は返事をした。

巨大蟲が背後に迫る。

その気配に首筋がゾワゾワする。

「あと少しでありまああああす！」

リデルはアルスノトリアの手を引き、洞窟に駆け込んだ。

ズン、と衝撃が響く。

地面が揺れ、二人とも転んでしまった。

すぐに背後を振り返る。

巨大蟲《きょだいむし》は洞窟の出入り口に甲羅が引っ掛かり、それ以上、進めなくなっていた。首を伸ばし、身を揺すって藻掻《もが》いている。

「た、助かったであります……」

リデルは大きく息を吐いた。隣でアルスノトリアも安堵《あんど》した様子でへたりこむ。

「トリ殿、ひとまずここで……」

対策を考えようと口にしかけたとき、巨大蟲がじりじりと後退した。それから足を縮《ちぢ》め、体全体を低くする。

「……リデルちゃん。何だか、蟲の様子がおかしいです」

「屈《かが》んでいるのでありましょうか……。あのくらいの高さだと……」

甲羅のてっぺんで時折輝く紫色が目に留まった。

「もしや……入ってこれるのでは……？」

その読みが外れていることを願う。しかし、現実は非情だった。

ズリ……ズリ……と巨大蟲が這《は》い進《すす》む。

さっきは引っ掛かった甲羅もかろうじて出入り口を通り、巨大蟲がじりじりと前進してきた。

赤く光る目がこちらを捉《とら》える。

「て……撤退であります……！」

「はいっ」

二人は手を繋《つな》いで洞窟の奥へと走った。

通路は残念ながら狭まることなく続き、一際広いところに出た。昼間、リデルとアルスノトリア、アブラメリンの三人で探索した空間だ。

「もっと奥に」

「きゃっ」

アルスノトリアが転んだ。

つられてリデルも膝を突く。

「トリ殿、怪我《けが》は……あっ」

アルスノトリアは膝をすりむいていた。

「大変であります。すぐに手当てを」

「でも、早く逃げないと蟲が来るです……」

「そんな怪我で走らせるわけにはいかないでありますよ」

「リデルちゃん、先に行って下さいです」

「何を言ってるでありますか⁉　どこかの岩陰に隠れるでありますっ」

暗がりの中を手探りで進み、大きな岩と岩の隙間に身を潜《ひそ》ませる。

二人が隠れるのとほぼ同時に巨大蟲がぬうっと姿を現した。

ぼうっと蟲の体が魔力の光で浮き上がる。周りがうっすら明るくなった。

ぎりぎりだった通路を抜け、広い空間に出た亀型の蟲は大きく足を伸ばす。ところが完全には通路から出ていなかったのか、甲羅が洞窟の壁にぶつかった。壁が砕け、ガラガラと崩れ落ちる。細かい粉塵《ふんじん》が舞った。

（嫌な予感がするであります……）

リデルは岩陰から巨大蟲の様子を窺《うかが》う。ズシ……ズシ……と歩く蟲の背後に目を凝《こ》らし、予感が的中したことを悟った。

（出口が埋まってるであります……！）

さっきの崩落で通ってきた通路が瓦礫《がれき》で塞《ふさ》がれている。これでは巨大蟲の隙を突いて外に出ることができない。

（これは、まずいであります）

焦りで心臓がバクバク鳴る。

「大丈夫です？」

耳元で囁《ささや》かれ、思わず「ひゃっ」と声が漏《も》れた。

「あああのっ……ごめんなさいです……」

アルスノトリアが自分の口を押さえて謝る。リデルはブルブルと首を振った。

「ちょっと驚いただけであります。それより、トリ殿の手当てを」

リュックサックから救急箱を取り出す。

しかし、中身を見てリデルは腕を組んだ。

「どれをどう使えば良いでありましょうか？」

「えっと……わたしも分からないです……」

「トリ殿も分からないでありますか……」

そういえば、いつもは精霊が手当てをしてくれるであります。自分でやったことはなかったでありますな……。

リデルは自分の至らなさに改めて気づかされた。

それでも嘆《なげ》いてばかりはいられない。救急箱の中身を漁りながら懸命に精霊がやっていたことを思い起こした。

「確か、傷口を消毒するであります」

それらしいものを出して布を湿らせ、アルスノトリアの膝にちょんと当ててみる。彼女の銀髪が一房《ひとふさ》、ピンと立った。キュッと口を引き結ぶ。

「痛かったでありますな。申し訳ないであります」

アルスノトリアはふるふると首を振った。

「大丈夫、です……」

「もう少しだけ我慢して欲しいであります」

そっと、そっと、傷口を消毒して大きめの絆創膏《ばんそうこう》を貼る。上手く覆いきれなかったので三枚も重ねて貼ってしまった。上から包帯を巻いてみたが、これも不格好だ。

「トリ殿、すまないであります……」

自分のポンコツさが恥ずかしい。

「ありがとうです」

それなのにアルスノトリアはお礼を言ってくれた。

「お礼を言ってもらえるようなことは、してないでありますよ」

リデルは肩を落とす。

「なかなか上手くいかないものでありますな……。自分のポンコツさで自分が痛い目を見るのは慣れっこでありますが、他の方々を巻き込んでしまうのは心苦しいであります。

自分、何もしない方が良いのでありましょうか」

それは度々、胸を過《よ》ぎる不安。

何度、失敗しても前を向いて努力を続ける。

いつか上手くいくことを信じて。

そんな楽観的な自分と裏腹に、どうせ上手くいかないと思っている自分もいる。

心の何処《どこ》かで、また失敗するんだろうなと思っている自分がいる。

そして失敗したとき、やっぱりかと思う自分がいる。

歩みを止めるつもりはない。

ただ、不意に怖くなる。

自分のポンコツのせいで、誰かが傷ついたら……。

もし、そうなるのなら、自分は何もしない方が……。

「そんなこと、ない、ですっ」

澄《す》んだ青い瞳と真っ直ぐ目が合った。

アルスノトリアがこちらをじっと見つめている。

その瞳には不思議な力強さがあった。

「リデルちゃんのお陰で、ここまで逃げてこられました。あのとき手を引いてくれて、頼もしかったです。リデルちゃんは、みんなのことを思ってくれてて、とっても優しくて、勇気があると思うです。リデルちゃんがいてくれて良かったです」

「トリ殿」

「わたしも、困ってる人のお手伝いとかしたいです。でも、邪魔しちゃったらどうしようって思ったら、なかなか勇気が出なくて……。リデルちゃんはすごいです」

そこまで一気に言い切ると、恥ずかしそうに前髪を掴《つか》み、俯《うつむ》いてしまう。

「トリ殿、ありがとうであります」

優しい言葉に胸が温かくなった。

ズン……と近くで巨大蟲の足音がする。

二人は顔を見合わせ、そうっと岩陰から様子を窺った。

「⁉」

思っていたよりずっと近くに巨大蟲がいる。こちらには気づいていないようだが、緩慢に首を動かし、二人を探していた。

頭を伏せ、通り過ぎるのを待つ。

先に動いたのはアルスノトリアの方だった。彼女は恐る恐るといった様子で岩陰から顔を出し、通り過ぎていく巨大蟲を見つめる。

「トリ殿、危ないであります」

小声で呼びかける。しかし、アルスノトリアは頭をひっこめない。

「どうしたでありますか？」

リデルも慎重に顔を出して巨大蟲の後ろ姿を見る。蟲の周りだけほんのり明るく、その輪郭をはっきり捉えることができた。

「きっと、みんなが来てくれるです。それまで蟲を観察して、弱点を見つけます」

巨大蟲を見つめたままアルスノトリアが答える。リデルは「なるほど」と頷《うなず》いた。

「やっぱりトリ殿はすごいであります。みんなのことを信頼しているでありますな」

「できること、がんばりたいです」

気合いを入れるように眉を逆八の字にする。

「自分も観察するであります」

目を凝らす。

巨大蟲の甲羅はリデルたちでは全く歯が立たなかった。甲羅に覆われていないところも、フィグレが足を攻撃したけれど傷を負わせることはできなかった。

ここは頭を狙うのが常道でありますが……。

足と同じくらい、ひょっとしたら、もっと皮膚が分厚そうだ。

それに甲羅の中に首を引っ込められたら攻撃できない。

「むむむ……」

「うーん……」

二人揃って唸《うな》ってしまった。

項垂《うなだ》れたアルスノトリアが、ふと目を見開く。

「リデルちゃん、これ……」

「何でありますか？」

アルスノトリアは控えめに地面を指差した。暗がりでよく分からなかったけれど、少しずつ彼女の指し示すものが分かってきた。

「雫《しずく》か何かでありますか？」

地面に点々と雫が垂れている。ちょうど巨大蟲が通った後に残っているようだ。

「すんすん。変な匂いがするです……」

「ちょっと確認してみるであります」

蟲が遠ざかり、死角に入ったところでリデルは身を乗り出した。雫にちょんと指をつける。液体に間違いない。岩陰に戻って慎重に指先を鼻に近づけた。

「……確かに、変な匂いがするであります」

アルスノトリアは鼻をひくひくさせ、首を傾《かし》げる。

「……これ、さっきも嗅《か》いだ匂いです」

「さっきというと、いつでありますか？」

指を拭きつつ尋ねた。念のため消毒液を染み込ませた布で拭く。

「えっと……あの……森で戦ってるとき、です……」

「森で？」

液体を拭き取った指を見つめる。

何かが閃《ひらめ》きそうだ。

巨大蟲の足音が響く。

咄嗟《とっさ》に身を屈めた。

蟲の様子を窺う。またこちらに近づいていた。

「また近づいてくるであります」

リデルはそう呟《つぶや》き、巨大蟲の足下に注目する。ズシ……ズシ……と近づいてくる巨大蟲の足と足の間。陰になってあまりよく見えない腹を凝視する。

キラッと何かが光った。

金属質の輝きに首を捻《ひね》る。

（今、灰色っぽいものが見えたような気がするでありますが……）

アルスノトリアにも見えただろうか。聞いてみようと振り向き、リデルはギョッとした。アルスノトリアが眉間《みけん》に皺《しわ》を寄せ、うんうん唸っていたのだ。

「ど、どうしたでありますか、トリ殿っ？」

小声で尋ねる。アルスノトリアはハッと顔を上げた。

「蟲のお腹に何か見えた気がしたです……。どこかで見た気がして……。でも、それが何なのか分からなくて……」

「トリ殿もでありますかっ。では見間違いではないでありますな。とはいえ、何が？」

リデルはもう一度、目を凝らす。

あんなところにくっついている灰色っぽい金属……。

（……もしかして、刺さっているのでありますか？）

瞬間、「あああ！」と叫んでいた。

「トリ殿！　小テストであります！」

「リデルちゃん、魔法鉱物学です！」

二人同時に声を上げる。

「光沢のある灰色で……！」

「鉄より強度が高いであります！」

「建物を建てるときに使ったり……！」

「刃物にも使われるであります！」

「蟲のお腹にくっついてるの、きっと鋼です！」

「間違いないであります！　自分、はっきり覚えているであります」

巨大蟲の気を引こうとして色々な武器を投げつけた。

そのほとんどは無駄に終わったけれど。

最後に投げつけた矢筒の矢が地面に散らばり、それを巨大蟲は踏みつけて進んできた。

恐らく、そのとき矢の一本が蟲の腹に偶然、引っ掛かったのだ。

さっき自分が触った液体は、お腹の傷から垂れている蟲の体液。

つまり、あの巨大蟲の弱点は——

重い足音が、すぐ近くで聞こえた。

ゾクッと悪寒がして、リデルはギシギシと壊れた人形のようにぎこちない動きで振り返る。

爛々《らんらん》と光る巨大蟲の目と、自分のそれがぴったり合った。

「トリ殿、自分、つくづくポンコツであります」

「そんなことないです。わたしも大きな声出しちゃったです……」

二人を見つけた巨大蟲が突進してくる。

(万事休すであります……！)

せめてアルスノトリアだけでも守ろうと彼女に覆《おお》い被《かぶ》さる。

瞬間、一陣の風が舞った。

「敵さん、こっちこっち！」

大きな旗を振り、薄緑髪の少女が巨大蟲の目の前を走り抜ける。

そちらに首を巡らせた隙を突き、フィグレとアブラメリンが飛び込んだ。アブラメリンが蟲の首に剣を叩き下ろし、フィグレは分液ロートで額をぶん殴る。

しかし、刃は通らず、ロートは弾かれた。

二人はそれでも左右に走り、蟲をかく乱する。

「メル殿⁉　フィグレ殿にアブラ殿も、どうやってここに……」

「簡単なことですわよ、リデルさん」

日傘を差したピカトリクスが優雅に歩いてきた。

「潮の満ち引きはおよそ十二時間周期ですの。私《わたくし》たちは、正確な時間は分かりませんけれど、昼過ぎにこの洞窟に入りましたわ」

くるりと人差し指で半円を描く。

「そして今は夜明け前。潮が引いて海辺からこの洞窟に入ることができる可能性は十分でしたので、回り込んできたのですわ」

「……二人とも無事。確認」

小《しょう》アルベールがひょこっと顔を出す。アルスノトリアの膝を見て首を傾げた。

「これは自分が巻いたのであります。下手で申し訳ないであります」

たはは……と笑うリデルを見て、小アルベールの目が光った。

「小《こ》アル殿?」

「心地よい包帯《Suave Bandage》」

突然、二人を包帯が包み込む。

リデルは体中の傷が癒えていくのを感じた。

「お二人とも、傷だらけでしたわよ。よく頑張りましたね」

よしよしとピカトリクスがアルスノトリアの頭を撫でる。小アルベールも撫でる。アルスノトリアはあわあわとされるがままだった。

「合流できたな。急いで脱出するんだぜ!」

影猫《かげねこ》がぴょんと岩の上に乗った。

「あんな硬い蟲、今のおまえらじゃ無理だ」

「ペル殿、そのことでありますが……」

リデルはさっき気づいたことを口にしようとする。

ところが、喉まで出かかった言葉が上手く出てこなかった。

「どうなさいました、リデルさん?」

ピカトリクスに尋ねられる。

返事をしたいけれど、考えがまとまっていないことに気づいた。それよりも、ペルデラの言う通り、今すぐここから離れた方が良いのかもしれない。

「あ、いえ……。何でも……」

「何か考えがあるんですね」

いきなり隣で言われ、「おわっ？」と飛《と》び退《しさ》る。いつの間にかフィグレが立っていた。

「あの巨大蟲を倒す方法を思いついたけれど、考えがまとまっていないので上手く話せないということですね。理解しました。それでは私たちで時間稼ぎをしましょう。リデル、それでいいですか？　いいですよね。とても合理的な判断ですから反論の余地はないはずです！」

「あああのっ。フィグレ殿？」

ぐいぐい迫られ、戸惑《とまど》う。

「その通りでありますが、どうやって自分の心を読んだのでありますか？」

「心を読むだなんて、非科学的です。私は日頃の観察に基づきリデルの思考パターンを分析して、論理的に先程の結論を導き出したんです。全て理に適《かな》っているんです」

「そこまでいくと、むしろ非科学的ですわ……」

ピカトリクスが頭《かぶり》を振る。

「バカなこと言ってんじゃないんだぜ！」

ペルデラが怒鳴った。

「おまえらをこれ以上、危ない目に遭わせるわけにはいかないんだ！　早くアシュラムに帰るぞ！」

「今更ですわよ、ペル」

「このまま逃げても、同じことの繰り返しになるだけです」

「……必勝」

しかし皆、心は決まっていた。

「リデルさん、なるべく早くお願い致しますわよ」

「わたしも頑張るですっ」

そう言い残してピカトリクス、フィグレ、アルスノトリアの三人は岩陰から飛び出した。いつの間にか岩の隙間に潜り込んでいた小アルベールが、名残惜《なごりお》しそうに隙間から出てきて三人の後に続く。

リデルとペルデラがその場に残された。

「あいつら……！」

影猫が後ろ足で地団駄を踏む。それからリデルをじとーっと半眼で見た。

「で、本当にあのデカブツを倒す方法、思いついたのか？」

「あと、もう少しなんであります……」

「……分かった。それなら思い切りやってみろ！」

ペルデラは覚悟を決めたとばかり、その場に腰を下ろした。

「了解であります！」

敬礼し、リデルは瞑想《めいそう》に入る。

深く息を吸い込み、深く吐く。

深く吸い込み、深く吐く。

それを繰り返しているうちに意識が自分の内へ内へと潜っていく。

周りの物音が遠ざかり、それなのに、より鮮明に感じられるようになる。

やがて内と外とが反転し、

全てが一つになる。

洞窟の中　巨大蟲

暴れ続ける　岩の主《あるじ》

報復の技　怖き無知

叶え進める　皆の道

友思う乙女は　剣を振り

物思う乙女は　溶かさんとす

陽気な乙女が　旗を振り

高貴な乙女の　盾が守る

寡黙な乙女が　拳を作り
無垢なる乙女の　杖が躍る
いまだバラバラ　未完成
今はまだまだ　不完全
だけどもいつか　この先を
目指す未来に　その価値を
見出《みいだ》すために　今ここに
真なる瞑想　帳《とばり》を開く

瞬間、アルスノトリアの声が胸に蘇《よみがえ》った。

『リデルちゃんは、みんなのことを思ってくれてて、とっても優しくて、勇気があると思うです。リデルちゃんがいてくれて良かったです』

彼女の言葉に背中を押される。
答えは見出せた。
もう、迷いはない。

リデルは目を開いた。

背中のリュックサックに腕を回す。

明確なイメージがあった。

今、最も必要な武器を引っ張り出す。

軍天《ぐんてん》の鑓《やり》。

まるで先端に紫色のタマネギをくっつけたような、およそ鑓とは思えない形状のそれを構え、リデルは岩陰から飛び出す。

靴の爪先を引っかけて転びかけたが、何とか踏ん張って皆の下へ駆け出した。

「要撃、であります！」

彼女の声にアルスノトリアたちが振り返る。アブラメリンが叫んだ。

「どう動けばいい⁉」

「あちらに誘導して欲しいであります！」

鑓で指し示す。それだけで彼女なら理解してくれるという確信があった。

「分かった！」

アブラメリンは短く答えて巨大蟲を回り込む。メルと合流して二人がかりで蟲を煽《あお》った。ピカトリクスやフィグレもそちらに向かう。小アルベールが転んだアルスノトリアを引っ張り起こす。その脇を抜け、リデルは狙いを定めた。

「ほら、こっちよ！　かかってきなさい！」

「敵さん、ここまでおいでー！」

誘導が完了する。

アブラメリンがこちらをチラッと見た。大きく頷く。

「皆さん、感謝であります！　それから、緊急退避であります！」

「今度は離れるんですのっ？　慌ただしいことっ」

「撤収」

皆が四方八方に散った。標的を見失い、巨大蟲の動きが止まる。

絶好機。

グッと鐺を握り込む。

「リデルちゃん！」

アルスノトリアの声が聞こえた。

それから皆の声援も。

スッと息を吸い、唱える。

「理性の表《おもて》、カバラの光——天地冥府において最も深く隠されし真理を今ここに貫かん！」

鐺から紫色の光が溢《あふ》れ出《だ》す。

リデルは一点を目掛けて走った。

「真想《しんそう》、召喚」

渾身《こんしん》の力を込めて鐽を突き出す。

深々と突き刺さり、貫いた。

巨大蟲の足下の地面を。

「おおおい、リデル⁉」

ペルデラの悲鳴が聞こえた。

リデルは――

安堵の笑みを浮かべる。

上手くいったであります。

次の瞬間、空中に無数の鐽が現れ、地面に向かって降り注いだ。

昼間、自分が落ちかけた穴がすぐ側《そば》にある。

大きく後ろに飛び退ったリデルの目に映ったのは、崩れていく地面だった。もちろん、その場にいた巨大蟲も崩落に巻き込まれて落下する。前足を踏ん張って堪《こら》えたが、その地面にもヒビが入り、崩壊した。

　奇怪な喚《わめ》きを上げて巨大蟲が落ちていく。

轟音《ごうおん》と地響きが洞窟内に広がった。

「やった……？」

「やったんですの……？」

皆が大穴の周りに集まってくる。

リデルは鐺を構えて叫んだ。

「総員、攻撃準備であります！」

その声に緊張が走る。リデルは穴の底で藻掻く蟲の腹をしっかり確認した。狙い通り、甲羅を下にして落ちてくれた。

「あの大きな蟲の弱点はお腹であります！　あそこなら攻撃が通るであります！」

丸見えになっている弱点を指差す。

「そういうことですのね！」

ピカトリクスが日傘の先端を蟲に向けた。

「今度こそ、斬り伏せる！」

アブラメリンの剣が強い輝きを放つ。

「実に理に適っていますね！」

フィグレが分液ロートの狙いを定めた。

「みんな、いっくよー！」

メルが旗の先端についている槍の穂先で指し示す。

「栄光の手《idiotic Hangdman》」

小アルベールが特大の手を包帯で形成した。

「あの……えっと……千年柊《せんねんひいらぎ》の杖っ」

アルスノトリアが杖を振る。

「「「「「せーの！」」」」」

七人の攻撃が、一斉に巨大な蟲の腹に直撃した。

「わはーい、大勝利！」

「ふふっ。私《わたくし》には勝利しか似合わない」

「……勝利」

メルとピカトリクス、小アルベールがポーズを決める。

「本当に倒しちまうとはな。正直、驚いたんだぜ」

そんな彼女たちにペルデラは信じられないとばかり首を振った。

「リデル、良くやったな。おまえの鎧が蟲に当たらなかったときはヒヤヒヤしたが、まさかあれが狙いだったとは一本取られたんだぜ」

「リデルの側にやって来る。ピカトリクスも「そうですわ！」とこちらを振り向いた。

「一番のお手柄はリデルさんです」

「だよね！　蟲をやっつける方法を見つけただけじゃなくて、イアスピスの鉱脈まで見つけちゃうなんて」

「グッジョブ」

ペルデラと三人に褒められ、リデルは気恥ずかしくなった。

「皆さんのおかげであります」

恐縮しつつ、周りを見回す。

そこには無数の鉱石があった。特にイアスピスが幾《いく》つも埋まっている。

巨大蟲を倒したリデルたちはロープを使って大穴を降り、そこでイアスピスの鉱脈を見つけたのだ。ようやく目当ての物を発見し、ペルデラは上機嫌で鉱石採集実習の開始を宣言した。

いつもなら不満が噴出するところだけれど、強敵を倒した高揚感と達成感のお陰か、眠気に襲われることもなく、採掘する流れになっている。

「トリ、そうそう。その感じ」

「はいですっ」

金槌《かなづち》とペンチを手に、アルスノトリアが悪戦苦闘していた。指導しているアブラメリンは微笑《ほほえ》ましそうに彼女を見ている。

「けっこう集まったでありますな」

袋に鉱石を放り込み、リデルはふぅと息を吐いた。

改めて巨大蟲が落下した場所を見る。

あれだけ頑丈だった蟲も倒してしまえば跡形もなくなってしまった。本当に自分があの大きな蟲を倒したのか、少し疑問すら覚える。

ふと、紫色の欠片《かけら》が目に留まった。

「これはもしや……」

屈んで拾い上げる。つるっとした手触りとしっとりした色合い。夜の森で見つけた紫色のイアスピスに間違いなかった。

「甲羅にくっついていたものでありますな」

それなりの大きさだった鉱石が粉々に砕けて残っている。リデルは何となく、小さな欠片を拾い集めてみた。小粒だけれど、どれも美しい。

「綺麗であります」

見惚《みと》れる。

そこにメルが近づいてきた。

「なになに？　リデル、何見てるの？」

「イアスピスの欠片であります。小粒でありますが……」

「本当だ、綺麗だね！　ねえ、みんな！　見て見て！」

メルが手招きする。「どうなさいましたの？」とピカトリクスたちがぞろぞろ集まってきた。

「あ……。森で見つけたイアスピスです」

アルスノトリアが呟く。

何のことかと尋ねる仲間に、リデルは夜の森でアルスノトリアと発見したときのことを話した。

「あのときは蟲が地面に埋まっていたから、甲羅のてっぺんにくっついていたこのイアスピスだけが見えていたでありますな」

「これもリデルちゃんが見つけたですっ」

「ねえ！　これ、今日の記念に一つずつ持って帰れないかなっ？」

「あら、メルさん。良いアイディアですわ」

「ペルに聞いてみる？」

アブラメリンが、岩の上でくあっとあくびをしている影猫を振り向く。

「ペルー！」

「何だぁ？　採集は十分か？　だったらそろそろ出るぞー」

岩から降りてペルデラはこちらに近寄ってきた。

「実習とは別に、鉱石を持って帰っても良いかお尋ねしたいのですわ」

ピカトリクスが代表して尋ねる。リデルも「これでありますす」と紫のイアスピスを影猫に見せた。

「んあ？　砕けてんじゃねぇか。そんな小さい鉱石持って帰っても使い道ないんだぜ」

「そういう問題ではありませんわっ」

「……記念」

「記念か。まあ、別にいいぞ。今回の蟲を倒したのは正におまえらの功績なんだぜ。鉱石だけにな。にゃははは」

上機嫌に笑い、ペルデラは許可を出した。皆、「やった！」と喜び合う。リデルの掌《てのひら》から一つずつ摘《つま》んだ。

「ペル殿も、お一つ」

リデルはペルデラにも差し出す。しかし影猫は「おまえらが頑張った証なんだぜ」と言って受け取らなかった。

「よーし、引き上げるぞ。また潮が満ちて出口が水没したら余計な時間がかかっちまうからな」

「そのことなんだけど」

アブラメリンが手を挙げる。

「さっきフィグレと別の通路を見つけた」

「にゃんだと⁉」

影猫が尻尾をピンと立てた。

「恐らく、元々作られていた通路が崩れたときにできたものです。先程の森まで繋がっていますね」

「怪我の功名ってやつか？　そんなら、そっちをありがたく使わせてもらうとするか」

ペルデラが全員を見回す。

「いいか、おまえら。アシュラムに帰るまでが実習――」

「それじゃ、帰ろう！　あたしたちのアシュラムに」

メルの声に皆、「おーっ」と答えた。

第八章

「皆さん、おかえりなさい」

アシュラムに帰還したリデルたちは、広場で学園長ソローに迎えられた。

「色々と不手際やイレギュラーなことがあったようですね。皆さん無事に帰ってきてくれて本当に嬉しいです」

ソローは「よく頑張りました」と全員をねぎらった。

「本当に大変だったぜ……」

ペルデラが恨《うら》めしそうな目でソローを見る。しかしソローはその視線を気にする様子もなく「ペルデラもご苦労様です」と微笑《ほほえ》んだ。

「ソローさま、リストにあった鉱石は全て採集してまいりましたわ」

ピカトリクスが成果をアピールする。

「まあ！　これだけあれば修復も問題なく行えますすね」

「ああ。十分な量だ」

広場に落ち着いた声がした。

長い金髪に灰色の目。少し厭世的《えんせいてき》な雰囲気を醸《かも》し出《だ》す長身の女性が鉱石の入った袋を覗《のぞ》き込《こ》む。

「ハミットさま」

ピカトリクスがドレスの裾を持ち上げ、カーテシーで挨拶をする。リデルたちもそれに倣《なら》った。

学園教師の一人ハミットが皆を一瞥《いちべつ》する。

「実習、お疲れ様。採掘と収集の課題は及第点だ」

「ありがとうございます」

ピカトリクスが声を弾ませる。

ハミットが人差し指を立てた。

「でも、実習はまだ終わりじゃない。これらの鉱石を分類し、適切に保管する。そこまでやって初めて課題は完了だ」

浮かれていた空気が一瞬で凍りついた。

「こちらを全て、分類して保管……」

「更に学びを深める良い機会だ。しっかり励《はげ》むといい」

ひらひら手を振って、ハミットは広場から立ち去った。

誰ともなく、ため息が洩《も》れる。影猫《かげねこ》が「ハミットの言う通りなんだぜ」と言った。

「ただ集めてきただけじゃ、実習完了とはいかないわな」

「あまり寝てませんのよっ。睡眠不足はお肌の天敵です……」

ピカトリクスが頬を膨れさせる。

「ペル。この子たちは帰ってきたばかりなんですから。まずは休息が必要です」

ソローが穏やかな口調で言った。

「蟲《むし》が出たせいで寝ていないのでしょう？　鉱石の分類は明日でいいんですよ。今日は皆さん、ゆっくり休んで下さいね」

学園長のありがたい言葉に全員、「はい！」と返事をする。ペルデラが「おいらも疲れたんだぜ……」とぼやいた。

ひとまず解散となり、リデルたちは寮へ向かう。

「リデル」

リュックサックを背負い直して歩きだしたリデルをソローが呼び止めた。

「は、はいであります！」

急いで反転し、敬礼する。

(何事でありましょうか……？　もしや、実習での数々の失敗にお叱《しか》りを受けるのでは……ううっ。自分、ポンコツでありますから)

そんなことを考えていると、ソローが近づいてきて耳元で囁《ささや》いた。

「小さな紫のイアスピス。皆さんと持ち帰ってきたのでしょう？」

見抜かれていることに驚き、言葉を失う。

狼狽《うろた》えるリデルを見てソローは「まあっ」と口に手を当てた。

「そんなに驚かないで下さいな。責めているのではありません」

「あ、そのっ……。ペル殿には許可をいただいたでありますが……」

「はい。実習の記念ですね。とっても素敵です！」

うんうんとソローが楽しそうに頷《うなず》く。

「あの、ソローさま……」

「あらあら、ごめんなさい」

耳元の髪を掻《か》き上《あ》げ、ソローは居住まいを正した。

「見せてもらっても良いですか？」

「了解であります」

リデルはイアスピスの欠片《かけら》を掌《てのひら》に乗せ、ソローに見せる。

「良い色ですね」

ソローが目を細める。

「リデル、鉱石には様々な力が宿っています」

「は、はいっ。魔法鉱物学で学んでいるであります」

「イアスピスには、どんな力が宿っているか分かりますか？」

「それは、ええと……」

（しまったであります……。これはソローさまの抜き打ちテストでありましたかっ。油断大敵でありました……）

言《い》い淀《よど》むリデルに、ソローは優しく微笑んだ。

「テストみたいな言い方をしてごめんなさい。イアスピスには、持つ者の信念を強くする力が宿っているんですよ」

「信念を強くする力、でありますか……」

「はい」

ソローはリデルの手を取り、紫のイアスピスをそっと握らせる。

「リデル。あまり成績はふるわないようですけれど」

「あうっ。努力するであります」

「はい。その気持ちが大切なんです。失敗しても何度でも立ち上がる。前向きな姿勢を忘れないで下さいね」

「了解で、あります……」

「それから」

ソローの声がより優しさを帯びる。

「自分のことをポンコツだと思ってしまう気持ち。どうしても自信を持てずにいるあなたの思いは仕方ないことかもしれません。ですが……」

一拍置いてから、一言一言、丁寧に伝えてきた。

「困っている人を見たら助けようと動ける。あなたはそういう心の持ち主です。今回の実習でも、仲間のためなら迷いなく動くことができたのでしょう？　それはあなたの優しさであり、強さなのです」

その言葉が染み入る。

リデルはイアスピスを握る手に力を込めた。

「あなたの心の有り様を、その信念を、イアスピスは強くしてくれます。ですから、それを大切にして下さい」

心がふっと軽くなる。

リデルは顔を上げ、学園長の穏やかな瞳を見て返事をした。

「はい！　了解であります！」

ビシッと敬礼する。

その後で、慌てて腕を下ろした。

「ふふっ」

口元に指を当て、ソローは微笑んだ。
その場を辞する。
浮き立つ心のままに歩き出した。
自分は、やっぱりまだまだポンコツであります。
今回も失敗の連続だった。
何とかなったのは皆のお陰だ。
それでも、少しは成長できたのかもしれない。
これから、もっともっと成長していくのだ。
いつか、自分自身に胸を張れるように。
気づけば早足になっていた。
前を見て、進む。
「リデル！」
道の先でフィグレが手を振った。
皆が立ち止まり、こちらを振り返る。
「皆さーん！」
リデルは晴れやかな笑顔で手を振り返した。
そして駆け出す。

雲の切れ間から太陽の光が差した。

アルスノトリアの銀髪が、薄く桜色に輝く。

控えめに手を振る彼女に向かい――

ガッ、と何かに蹴躓《けつまず》いた。

「あ……ああああああああああああああ⁉」

盛大に転ぶ。

勢いのまま転がり、リデルはアルスノトリアにぶつかってしまった。

「ふわっ……」

「ご、ごめんなさいであります……！」

ひっくり返り、天を仰ぐ。

「リデルちゃん、大丈夫です？」

心配そうなアルスノトリアの顔。

更にピカトリクスが、アブラメリンが、メルが、小《しょう》アルベールが、フィグレが「大丈夫？」と覗き込んでくる。

リデルは、たはは……と笑った。

「自分、本当にポンコツでありますなぁ」

あとがき

初めましての方、初めまして。そうでない方、こんにちは。櫂末高彰《かいまたかあき》です。

本作はテレビアニメ『咲《わら》う アルスノトリア すんっ！』のノベライズとなっております。

唐突ですが、寮生活って未知の世界なんですよ。楽しそうだなあと思う反面、己のコミュ障具合を鑑《かんが》みると外から眺めているくらいがちょうど良いのかなあと考えたりもします。ハリーでポッターなのとか良いよね。最近だと『明日《あけび》ちゃん』とかね。

そんなわけで、ペンタグラムたちが規律正しく、ときに元気が溢れてしまったりしつつ学園での寮生活を送っている姿を、少しでも楽しんでいただくことができれば幸いでございます。

アルスノトリアたち親友五人組はもちろんのこと、他にも魅力的なペンタグラムがたくさんいるので、なるべく多く登場させたかったのですが物語の都合上、そういうわけにもいかず。出番が少なかった子も、もっと色々描きたかったところです。

それから、アニメにも登場しているリデルが本作では大活躍（？）します。その勇姿にも是非、ご注目下さい。

それでは、謝辞を。

魅力的な世界観を構築しておられる『咲う アルスノトリア』運営関連の皆さん。ありがとう、ありがとう。アニメ『咲う アルスノトリア すんっ!』関係の皆さん。ありがとう、ありがとう。ノベライズ担当編集のIさん。ありがとう、ありがとう。またリアルでも遊べるようになってきた友人知人に親類縁者。ありがとう、ありがとう。レベル100どころか120まで上げてるフレンドの皆さん。ありがとう、ありがとう。ノベライズに携わって下さった全ての方々。ありがとう、ありがとう。

そして、読者の皆様。本当にありがとう、ありがとう。

それでは、ご縁がありましたらまたお会いしましょう。

二〇二二年　六月　櫂末高彰

■ご意見、ご感想をお寄せください。……………………………………………………………………

ファンレターの宛て先
〒102-8177　東京都千代田区富士見2-13-3　ファミ通文庫編集部
櫂末高彰先生

FBファミ通文庫

咲《わら》う アルスノトリア すんっ！

孤島《ことう》の魔法鉱物学実習《エクストラカリキュラム》　1809

2022年7月29日　初版発行　◇◇◇

著　　者　櫂《かい》末《ま》高彰《たかあき》
発 行 者　青柳昌行
発　　行　株式会社KADOKAWA
〒102-8177 東京都千代田区富士見2-13-3
電話 0570-002-301（ナビダイヤル）
編集企画　ファミ通文庫編集部
デザイン　株式会社コイル
写植・製版　株式会社スタジオ205プラス
印　　刷　凸版印刷株式会社
製　　本　凸版印刷株式会社

●お問い合わせ
https://www.kadokawa.co.jp/（「お問い合わせ」へお進みください）
※内容によっては、お答えできない場合があります。
※サポートは日本国内のみとさせていただきます。
※Japanese text only

ISBN978-4-04-737113-2 C0193

定価はカバーに表示してあります。

16年間魔法が使えず落ちこぼれだった俺が、科学者だった前世を思い出して異世界無双2

既刊 1巻好評発売中！

著者／ねぶくろ
イラスト／花ヶ田

ロニーを狙う敵は自分自身……!?

セイリュウやヨハンの協力もあり魔法を使えるようになったロニー。しかし強すぎる自分の力に恐怖し、逆に研究に身が入らなくなってしまっていた。そこでロニーは相談のためにセイリュウに会いに行くが……その道中、突如謎の襲撃者が現れて――!?

FBファミ通文庫

放課後の図書室でお淑やかな彼女の譲れないラブコメ3

既刊 1～2巻好評発売中！

著者／九曜
イラスト／フライ

泪華の気持ちに静流は――。

放課後の図書室で姉の蓮見紫苑《はすみしおん》、先輩の壬生《みぶ》奏多《かなた》、恋人の瀧浪泪華《たきなみるいか》の三人と楽しくも騒がしい日々を送る真壁静流《まかべしずる》。そんな中、奏多からデートに誘われた静流は週末を一緒に過ごすことになるのだが……。放課後の図書室で巻き起こるすこし過激なラブコメシリーズ、堂々完結。

Vtuberってめんどくせぇ！

著者／烏丸 英
イラスト／みこフライ

炎上上等？　噂のVtubers!

阿久津零《あくつれい》は男性Vtuber蛇道枢《じゃどうくるる》としてデビューした。が、所属事務所は彼以外が全員女性ということもあり、初配信から大炎上。ネット上の罵詈雑言に「めんどくせえ」と耐えながらも活動を続ける零（枢）だったが、事務所の同期である羊坂芽衣《ひつじざかめい》とのコラボ配信が決まり……。